하늘아래 첫 이름 아버지

하늘 아래 첫 이름 아버지

공광규 외 12인

경영자료사

두근두근, 천둥 번개 아래서 아버지

이 책은 『하늘 아래 첫 이름 어머니』와 함께 기획되어 그 책과 동시에 출간되었다.

어머니를 떠올리면서 눈물짓지 않을 사람이 없고, 아버지 이야기를 하면서 가슴이 두근거리지 않을 사람이 없을 것이다. 어머니와 아버지는 가족의 중심이며, 인간의 중심이다. 어머니, 아버지는 영원한 신화이며, 우리 가슴을 따뜻하게 데워 주는 별이고 우리 마음을 환히 밝혀주는 태양이다. 하지만 어머니를 떠올리며 흘리는 눈물 속에, 아버지를 떠올리며 두근거리는 가슴속에 꼭 아름답고 감동적인 사연만 들어 있지 않은 게 우리 현실이고 인생사다.

'가족'이라는 말을 들으면 일차적으로는 따뜻하고 편안함 감정을 떠올리지만, 잘 생각해 보면 사실은 가장 큰 상처를 입히기 쉬운 존재가 가족이다. 그만큼 가까운 거리에 있고, 그러면서도 가장 가까운 거리에 있어야 할 존재가 가족이다.

부모들이라고 해서 자식들에게 좋은 것만 보여주고, 좋은 것만 가르칠 수는 없다. 세상에 온갖 희로애락이 존재하듯, 가정에서도 희로애락이 존재할 것인데, 시인들은 그것을 어떻게 받아들였을까. 어쩌면 감성적인 사람들이라서 일반 사람들과 전혀 다른 파동으로 자리하고 있을지도 모른다.

먼 데서 산을 보면 보기 좋게 둥글지만 산 속으로 들어가 보면 구절양장에 오르기 힘든 고갯길이 숨어 있는 것처럼, 상징으로서 아버지의 이미지는 동그란 원형에 가깝지만 소소한 기억들을 뒤적여보면 갈등과 상처가 많은 이름이다.

내면적인 갈등과 상처를 그대로 묻어두면 내내 가슴을 찌르는 무기가 될 것이지만, 아프면 아픈 대로 슬프면 슬픈 대로 소리 내어 토로하고 표현한다면 더 각별하고 새로운 아버지의 모습으로 자리하게 될 것이다.

묻어두고 꾸미는 불편함보다 표현하고 화해하는 편안함. 그것이 바로 소통과 마음 치료의 출발점이다. 좋은 곳으로 여행하거나 맛있는 음식을 먹으면서 몸을 기쁘게 하는 것도 중요하지만 마음속 이야기의 매듭을 푸는 것 또한 그것 못지않게 기쁜 일이다.

가슴에 뭉쳐 있는 어머니, 아버지를 시인들은 어떻게 불러내는지, 어떤 이야기로 풀어내는지, 그 이야기를 들으면서 독자들은 색다른 부모를 경험하게 될 것이다. 만약 비슷한 사연을 접한다면 즉각적이고 직접적인 소통의 시간을 갖게 될 것이고, 그러면 세상 어느 곳에서보다 편하고 아름답게 몸과 마음이 한 목소리로 '행복해!' 노래를 부르는 시간이 될 것이다.

2015년 봄, 이정란

머리말 9

• 공광규

나의 시에 담긴 아버지

나도 아버지가 되고 보니 돈벌이도 그렇고, 자식들
도 그렇고, 세상일이 마음대로 되는 게 아니어서 아
버지가 이해됩니다. 그리고 아버지는 누구나 다 한
가계를 쓰러지지 않게 안간힘으로 받치고 있는 아
름다운 기둥이라는 생각이 듭니다.

나의 시에 담긴
아버지

1

　　아버지는 술과 담배를 하셨고, 말년에 폐암
으로 돌아가셨습니다. 1933년에 청양군 남양면 대봉리에서 태어
나 1987년 55살에 고향에서 돌아가셨으니, 지금 이 글을 쓰고 있
는 내 나이와 똑같습니다.

　장남인 나를 비롯하여 남겨진 미혼의 자식이 네 명이나 있었으
니 아쉬움이 많았으리라는 생각이 듭니다. 지금 내가 아버지와
같은 처지에 있다면, 아직 학업 중인 자식과 경제 능력이 없는 아

내 걱정 때문에 엄청 억울할 것 같습니다. 나름대로 내가 세운 죽음의 최저 나이는 아이들이 공부를 마치고 결혼을 한 시점입니다. 이때까지만 전전긍긍 살아보자는 것입니다. 이것은 나뿐만이 아니고 대부분 아버지들의 최소한 소망일 것입니다.

아래 시 「소주병」에는 아버지의 일생이 담겨 있습니다. 일생을 자식들을 위해 소진하다가 나중에는 살가죽과 앙상한 뼈만 남긴 채 빈 소주병처럼 버려지고 죽어간 아버지의 삶입니다. 물론 이건 내 아버지만의 삶이 아닐 것입니다. 모든 아버지가 다 그렇습니다.

술병은 잔에다
자기를 계속 따라주면서
속을 비워간다

빈병은 아무렇게나 버려져
길거리나
쓰레기장에서 굴러다닌다

바람이 세게 불던 밤 나는

문밖에서

아버지가 흐느끼는 소리를 들었다

나가보니

마루 끝에 쪼그려 앉은

빈 소주병이었다

— 「소주병」 전문

이 시는 아버지가 돌아가시고 난 이후에 지은 것입니다. 대천 해수욕장에서 소주를 마시다가 발상한 것입니다. 처음에는 아버지가 시에 들어가지 않았으나, 나중에 퇴고 과정에서 아버지의 삶이 들어간 것입니다.

소주는 국민의 술입니다. 사람들이 가장 많이 마시는 보편적인 술입니다. 값이 싸고 작아서 휴대가 간편하고 엎질러도 손에 흔적이 남지 않고 깔끔하기 때문일 것입니다. 이런 술의 가장 친한 친구는 아버지입니다.

나의 아버지처럼, 세상에 아버지는 누구나 다 잘 살고 싶어 합니다. 그러나 자신의 마음대로 되지 않는 것이 세상입니다. 그래서 아버지는 늘 실패의 삶을 사는 사람입니다. 결핍의 삶을 사는 것이 아버지입니다.

어느 아버지나 좋은 직장에 다니고 싶고, 사업을 해서 부자가 되고 싶고, 돈이 많아서 자식 공부를 많이 시키고 싶어 합니다. 넓은 집에서 살고 싶습니다. 그러나 뜻대로 되지 않는 것이 인생입니다. 그러니 소주를 마시는 것입니다.

저의 아버지 역시, 농촌인 고향에서는 희망이 안 보이니 무엇인가를 해보려고 결혼 직후에 어머니와 서울로 올라와 서울운동장이 내려다보이는 돈암동 판자촌에 깃들었다고 합니다. 거기서 땅콩 장사도 하고 봉지쌀도 팔았다고 합니다. 이때 저도 낳았습니다. 제가 돈암동에서 태어난 연유입니다.

그러다가 그것도 안 되어 뚝섬으로 가서 새끼 공장도 하고, 그것도 안 되어 작은할아버지가 있는 홍성 옥암리로 내려가서 농사일을 도왔다고 합니다. 이때 어머니는 어린 저를 업고 새끼 공장을 청산할 때 못 받은 돈을 받으러 서울에 다녔다고 합니다. 빚쟁이들을 찾아다닌 것입니다.

그러다가 아버지는 보령 청나에 있는 탄광으로 가서 일을 했는데, 나는 이때부터 유년 기억이 확실하게 납니다. 광산 사택에 살았는데, 두 살 아래 여동생과 집에서 찐 밀가루 빵을 담은 쟁반을 서로 들겠다고 싸우다가 동생이 울던 기억입니다. 그리고 왜간장에 깨소금을 넣어서 밥을 비벼 먹는 것이 맛있어서 어머니를 졸랐던 기억이 납니다.

어머니 왈, '어디 가도 진득하게 못 붙어 있었다.'는 아버지는 다시 고향인 청양으로 돌아와 농사일을 했는데, 제가 초등학교에 들어가기 훨씬 전입니다. 그때는 이미 농사 채가 얼마 없었습니다. 비탈밭 두어 개와 논은 다랭이논뿐이었습니다.

화성면 장계리가 고향인 어머니가 막 시집을 올 때만 해도 동네에서 논이 두 번째로 많았다고 하는데, 작은아버지가 화투 노름을 하면서 논을 팔고 도망을 쳤기 때문입니다. 작은아버지는 오랫동안 연락이 안 되다가 국가에서 주민등록 일제 갱신을 하면서 하는 수 없이 수년 만에 고향을 찾았다고 합니다.

당시 정부 주도 사업인 새마을운동을 하던 때여서 어린 초등학생들까지 아침에 일어나서 동네 길가 풀을 뽑고 길을 다듬던 때였는데, 그날 새벽 재당숙이 어느 분을 데리고 와서 "니 작은아버지여, 인사혀." 해서 처음 대면을 하였습니다.

고향집에서 막내 고모가 초가집과 전봇대가 있는 그림을 그리는 것을 가르쳐 주고, 국회의사당에서 수위를 한다는 공주 출신인 막내 고모부가 깨끗한 양복을 입고 선을 보러 왔던 것도 기억납니다. 고모가 마당에서 구식으로 결혼식을 하던 모습도 생각납니다.

고모 결혼 비용으로 동네 가운데 살던 집을 팔고 그 집 사랑방에 세를 들기도 했습니다. 거기서 네 살 아래 동생이 죽기도 했습니다. 나중에 재당숙이 그 집을 사서 살다가 헐고서 그 집터에 다시 양옥을 짓고 삽니다.

아무튼 이런 상황이니 농사는 어머니에게 맡기고, 아버지는 외지로 돈벌이를 하러 나돌았습니다. 그전에는 무슨 일을 했는지는 모르겠으나, 내가 중학교 때는 경기도 광주에서 고모부와 철근 장사를 했습니다. 아버지를 따라 거기에 가서 포장도로를 처음 보았던 생각이 납니다.

2

하여튼 아버지는 성질이 불같고, 술을 많이 드셨습니다. 물론 얼마 전까지만 해도 담배를 안 피우는 성인은 거의 없었습니다. 술과 담배를 잘해야 남자답다는 신화가 오랫동안 사회를 지배하기도 했습니다.

아버지는 수가 틀린 것을 그냥 지나치지 않아서 종종 집안사람들과 따지며 다투기도 했고, 집에서도 했던 얘기를 또 하고 또 해서 어머니나 우리를 지겹게 하기도 했습니다.

　나는 아버지처럼 살지 않으려 했고, 이런 나에게 아버지는 성깔이 없다고 자주 지청구를 하셨습니다. 착하고, 말을 잘 듣고, 우유부단해서야 경쟁이 심한 사회에서 어떻게 살아남겠느냐는 걱정이었을 것입니다.

　그래서 이것을 변호하기 위해서 쓴 시가 「미루나무」라는 시입니다. 그래도 착한 남자가 좋은 남자이고, 오래 살아남을 수 있다는 것을 경험한 사십이 넘어서야 쓴 시입니다.

앞 냇둑에 살았던 늙은 미루나무는

착해빠진 나처럼 재질이 너무 물러

재목으로도 땔감으로도 쓸모없는 나무라고

아무한테나 핀잔을 받았지

가난한 부모를 둔 것이 서러워

엉엉 울던 사립문 밖 나처럼

들판 가운데 혼자 서서 차가운 북풍에 울거나

한여름에 반짝이는 잎을 하염없이 뒤집던 나무

논매던 어른들이 지게와 농구를 기대어 놓고

낮잠 한숨 시원하게 자면서도

마음만 좋은 나를 닮아 아무것에도 못 쓴다며

무시당하고 무시당했던 나무

그래서 아무도 탐내지 않아 톱날이 비켜 갔던

아주아주 오래 살다가

폭풍우 몰아치던 한여름

바람과 맞서다 장쾌하게 몸을 꺾은 나무

— 「미루나무」 전문

    어머니에게 들은 얘기지만, 성질이 불같은 아버지는 둘째 고모가 중매결혼을 했는데, 폐병쟁이인 줄 모르고 속아서 한 사실을 알고, 당장 그 집에 쫓아가서 농짝을 때려 부수고 고모를 데려왔다고 합니다. 물론 고모는 착하고 자상한 남자의 재취 자리로 갔습니다.

    아버지는 할머니와는 사이가 좋지 않았습니다. 아버지가 나가 살고 있는 사이에 세 살 아래인 작은아버지가 노름을 해서 땅을 파는 데 같이 협조를 했기 때문이었던 것 같습니다. 싸울 때마다 아버지는 할머니와 작은아버지를 원망하고 할머니는 작은아버지를 두둔하는 것 같았습니다.

할아버지를 일찍 잃은 할머니는 굿을 좋아했는데, 아버지가 집에서 굿을 하는 것을 반대하자 주로 운곡 고모네 집에 가서 사셨습니다.

당시 미신을 타파하자는 정부의 정책도 있었지만, 아버지가 굿을 반대하는 가장 큰 이유는 먹을 쌀도 없는데, 재산을 없앤다는 것이었습니다. 굿을 하면 돈과 쌀을 모두 정쟁이라고 부르는 무당이 가져가기 때문입니다.

그럼에도 아버지가 외지에 돈벌이하러 나가 있으니, 할머니는 어머니를 꼬셔서 집에서 몰래 가끔 굿을 하였습니다. 어머니는 시어머니 강요 때문에 하는 수 없이 굿을 하지만 아버지에게 들킬까 봐 조마조마했을 것입니다.

한참 굿을 하고 있던 어느 날 우당탕하며 마루에서 부엌에서 무엇이 깨지는 소리가 났습니다. 아버지가 들이닥친 것입니다. 외지에서 일을 하던 아버지가 꿈자리가 계속 뒤숭숭해서 집에 무슨 일이 있나 하고 와보니 굿을 하고 있었던 것입니다.

아버지는 멍석을 끌어다가 마당에서 불을 지르고, 가마솥을 깨고, 굿상을 들어엎었습니다. 이제 할머니와 인연을 끊겠다는 것이었습니다.

충격을 받은 할머니는 입이 붙었고, 정신이 이상해져 물건을 던지고 벽지와 창호지를 찢었습니다. 중학생이었던 나는 할머니가 움직이지 못하도록 뒤에서 붙잡고 있었고, 고모들이 달려오고 결국은 다시 무당을 불러서 굿을 하자 할머니의 입이 떨어졌습니다.

그 다음 날이었던가, 어머니와 고모들이 깨진 가마솥에 장떡을 부치던 모습이 생각납니다. 둘째 고모가 나를 보더니 겸연쩍게 이를 드러내고 웃던 모습도. 아버지가 불을 지르던 멍석도 한쪽이 불에 탔지만 오래 사용했었는데 지금은 어떻게 되었는지 모르겠습니다.

아버지는 외지에서 일을 하다가 머리를 많이 다쳐서 심란한데, 심란한 상황에서 잠을 자니 꿈자리도 심란하고, 그래서 집에 내려와 보니 당신이 싫어하는 굿을 하고 있었던 것입니다. 그래서 난리를 친 것입니다.

누워 있는 아버지 머리를 뒤적거리며 꿰맨 상처에 소독약을 바르고 연고를 바르고, 모근이 죽은 머리카락을 뽑아내던 생각이 납니다.

아버지는 집안에 화투장을 두지 못하도록 했습니다. 작은아버지가 화투로 재산을 날렸기 때문입니다. 면 소재지에는 당구장도 있었는데, 신기해서 구경을 하고 오면 아버지는 싸가지 없는 놈들이 가는 곳이라고 해서 나는 아예 쳐다보지도 않았습니다.

아버지 영향으로 화투장을 만져보거나 당구장을 가보지 못하고 청춘을 지나왔는데, 때로는 남자가 화투도 못 한다고 친구들에게 핀잔을 받았지만 아쉬운 생각은 하나도 들지 않습니다. 나는 원래 이런 잡기나 전자게임, 파친코에 도대체 취미가 없으니 아버지의 영향인지 기질인지 모르겠습니다.

3

나도 아버지가 되고 보니 돈벌이도 그렇고, 자식들도 그렇고, 세상일이 마음대로 되는 게 아니어서 아버지가 이해됩니다. 그리고 아버지는 누구나 다 한 가계를 쓰러지지 않게 안간힘으로 받치고 있는 아름다운 기둥이라는 생각이 듭니다. 그래서 쓴 것이 아래 시 「아름다운 기둥」입니다.

법당 받치고 있는

저 기둥 참 아름답다

한때 연약한 새싹이었으나
아름다운 법당 받치고 있다

나 어렸을 때
세상 받치는 기둥 되기로 결심했었다

그러나 지금
아무것도 못 되고 벌써
한 가계에 등이 휘었다

내 휜 등에 상심하다
저 법당 기둥 보고

누군 세상 한쪽 받치고 있는
아름다운 기둥임을 안다

그러고 보니 원망만 했던 우리 아버지

법당 기둥이었다

가난한 가계 힘겹게 받치다
폐가 썩어 일찍 지상에서 무너진
아름다운

— 「아름다운 기둥」 전문

아버지는 원하는 대로, 아니면 원하지 않더라도 잘 살아지지 않으니까 술을 자주 드시고, 성질을 부리고, 싸웠을 것입니다. 그러면서 나름대로 가계의 기둥이 되어 식구들을 위해 최선을 다했을 것입니다.

나중에 어머니는 "네 아버지가 성질이 더러웠어도 생활력은 있었다. 식구들 밥을 한 끼도 굶기지 않았어." 하셨습니다. 밥 한 끼가 무슨 대수인가 생각하지만, 당시에는 밥을 굶지 않는 것도 큰일이었습니다. 내가 문학을 핑계로 밥벌이를 소홀히 하지 않는 것도 이런 아버지에 대한 어머니의 말씀 때문입니다.

생각해 보니 아버지는 가까이에 있는 구봉광산에도 다니셨습니다. 구봉광산은 교과서에도 나오는 아주 유명한 금광이었는데, 구봉광산뿐만 아니라 우리 동네 일대가 모두 금광이었습니다.

아마도 일제 때 번성하였던 것 같았고, 내가 어려서는 하나씩 폐광을 해가고 있었습니다. 집 주변에 금광굴이 여러 개 있었고 폐석 더미가 쌓여 있어서 놀기에도 좋았습니다. 포장이 되지 않았던 시절이라, 길에는 광산에서 나온 폐석을 깔아서 물이 잘 빠지도록 하였습니다.

광산에 다니는 사람들은 돼지고기를 많이 먹었는데, 우리 집에서 돼지를 자주 잡았습니다. 돼지를 잡아서 고기를 나누고 창자 등 부속물을 가마솥에 넣고 끓여서 동네 사람들을 불러서 먹었습니다. 우리 집에서 동네잔치를 자주 하였습니다.

어려서 길들여졌는지, 돼지고기볶음을 다 건져먹고 남은 양념과 기름에다가 밥을 비벼 먹는 것이 지금도 제일 맛있습니다. 이걸 뒤꼍에 열리는 산초기름을 넣고 먹던 추억이 아직도 입맛을 돌게 합니다.

먹는 게 나오니 돼지고기 두부찌개 생각이 따라옵니다. 아마 이것은 내가 가장 좋아하는 술안주인데, 어려서 먹던 맛의 기억 때문일 것입니다. 이런 돼지고기 두부찌개는 우리 집에서만 하는 게 아니었습니다.

아버지는 청양 우시장에서 거간꾼을 한참 동안 하셨는데, 우리는 이 시기에 집에서 현금을 가장 많이 구경하였습니다. 저녁에

거나하게 취해서 돌아온 아버지는 호주머니를 뒤져 구겨진 지폐를 꺼내고, 어머니는 그것을 펴서 세었습니다.

거간꾼은 소를 팔고 사는 과정에서 거간 역할을 하며 수수료를 받는 사람인데, 노란 완장에 중개라는 글씨가 있었습니다. 그러니까 소 중개사라고 하였습니다. 아버지는 완장을 나에게 자랑스럽게 보여주셨습니다.

한번은 새벽에 아버지를 따라서 우시장에 갔었습니다. 아버지가 우시장에 있는 선술집에 수시로 드나들면서 막걸리를 드셨는데, 아버지가 선술집에 들어서자마자 "술 한잔 줘유!' 하면 주모가 "알었시유!' 하면서 대접 두 개에 막걸리를 가득 따라주었습니다.

막걸리는 노란 양은 주전자에 담겨 있었습니다. 주모는 돼지고기와 두부를 섞은 찌개를 내놓았습니다. 돼지고기 두부찌개인 것입니다. 아버지는 선술집에 소를 팔거나 사는 사람을 데리고 들어가서 술 한잔을 하면서 일을 푸는 것이었습니다. 그래서 우시장이 파하고 집에 올 때쯤이면 아버지는 만취가 되어 있었습니다.

지금 우시장은 없어진 지 오래입니다. 그 찌개와 막걸리를 먹고 싶어서 오래전에 청양 읍내에서 장사를 하고 있는 친구에게 전화를 해서 돼지고기 두부찌개가 먹고 싶다고 했더니, "지금, 그런 집이 있나." 하는 대답이 돌아왔습니다.

아버지가 내 책상을 사오던 날입니다. 시장에서 아버지가 책상을 사서 들고 오는 것을 멀리서 보고서, 나는 얼마나 좋았는지 뛰어갔습니다. 뒤에는 여동생을 업고 있었는데, 펄쩍펄쩍 언덕을 뛰어가는 바람에 포대기에서 튀어나온 동생이 언덕을 굴러서 샘물에 빠졌습니다.

샘물에 가까이 있던 동네 아주머니가 바로 건져서 별 사고는 없었지만, 동생이 분홍색 옷을 입었던 기억까지 생생합니다. 지금 포항에 시집가서 살고 있는 복숙이입니다.

또 하루는 아버지가 액자를 사오셨습니다. 중학교 1학년인 1973년 가을에 국화 정물을 그려서 충남일보사가 주최하는 제1회 도내 미술실기대회에서 상장을 받았는데, 아버지는 그게 자랑스러웠던 것입니다. 아버지가 액자에 상장을 넣어서 벽에 걸어두며 기분 좋아했던 기억이 납니다. 상 이름은 생각이 안 나고 당시에 받은 동메달은 지금도 가지고 있습니다.

아들이 개근상 말고는 상장을 한 번도 받아본 적이 없기 때문에 아주 기뻐하셨을 것입니다. 이런 상장과 칭찬의 위력이 얼마나 큰지 지금도 그림에 대한 미련을 놓지 못하고 있습니다. 한발 더 나아가 아버지에게 미술을 공부하고 싶다고 했다가 "안 돼"라는 말을 듣고 포기했습니다.

그런데 초등학교 내내 개근을 한 것은 아닙니다. 몸에 옻이 자주 올랐기 때문입니다. 옻이 한번 오르면 사정없이 턱과 팔이 헐었습니다. 사타구니까지 헐 때도 있었습니다. 옻이 올라서 피부가 헐면 아버지는 달걀노른자를 붙이거나 막 잡아서 뜨끈하고 비릿한 생닭 피를 발라주셨습니다. 그것만으로 끝나는 것이 아니어서 옥시풀로 딱지를 떼어내고 소독을 하고 연고를 정성스럽게 발라주셨습니다.

아버지는 성질이 사납지만 이때만은 정성스럽고 따뜻했습니다. 이런 기억 때문에 지금도 내가 옻에 오르거나 자식들이 다친 곳에 약을 발라줄 때면 아버지가 생각납니다.

4

아버지는 이런저런 수완이 좋아서 돈을 벌어서 조금씩 땅을 불렸습니다. 주로 시골 살림을 처분하고 도시로 이농하는 사람들의 논밭을 사는 것이었습니다. 그러나 논이 많아도 문제였습니다.

지금은 경지 정리가 잘 되었지만, 옛날에는 비만 오면 가장 걱정거리가 논둑이 무너지는 것이었습니다. 흙을 삽으로 퍼 올려서 논둑을 다시 쌓아야 하기 때문입니다.

아버지가 돌아가시고 나자 농사일을 어머니가 도맡아 했습니다. 그리고 나는 도시에 살면서 가끔 내려가서 논둑을 쌓는 일을 해야 했습니다. 기계가 있는 것도 아니어서 삽으로 흙을 퍼 올리는 일이 여간 힘든 게 아니었습니다. 이런 시골 일을 한나절만 해 보면 시골에 살고 싶다는 낭만적인 생각이 싹 가십니다.

아무튼 큰 비가 와서 무너진 논둑을 다시 쌓는데, 자꾸 삽을 잡는 게 있어서 파보니까 오래 전에 박은 말뚝이었습니다. 아버지가 박아 놓은 것이었습니다.

말뚝은 아버지를 대신해서 논둑뿐만 아니라 무엇을 쌓는다는 일이 이처럼 어렵다는 것을 가르쳐 주고 있었습니다. 그래서 쓴 시가 아래 「썩은 말뚝」입니다.

큰 비에 무너진 논둑을

삽으로 퍼 올리는데

흙 속에서 누군가

삽날을 자꾸 붙든다

가만히 살펴보니 오랜 세월

논둑을 지탱해 오던

아버지가 박아 놓은

썩은 말뚝이다

썩은 말뚝 위로

흙을 부지런히 퍼 올려도

자꾸 자꾸 빗물에

흘러내리는 흙

무너진 논둑을 다시 쌓기가

세상일처럼 쉽지 않아

아픈 허리를 펴고

내 나이를 바라본다

살아생전 무엇인가 쌓아보려다

끝내 실패한 채 흙 속에

묻힌 아버지를 생각하다

흑, 하고 운다

— 「썩은 말뚝」 전문

이 글을 쓰면서 오랜만에 아버지 유품을 뒤져보니 족보를 만들 때 적었던 공씨 동네 입향조부터 가계도가 있고, 1983년도에 낸 175,200원 취득세 영수증도 있고, 1982년 3월 10일 충청남도 경찰 국장이 발행한 사진을 붙여 코팅한 명예경찰증도 있고, 759번지 전과 758번지 대와 757번지 답을 표시한 지적도와 등기권리증, 대 와 답을 전으로 지목을 변경한 서류가 있습니다.

또 1966년 8월 27일 화약류발파계원으로 선임했다는 증서도 있고, 1983년 8월 3일 화성군 장계리 산3번지의 1 토지 변경 신청 한 것도 있고, 1985년 1월 25일 신한민주당 선거대책본부 본부장 김재광이 준 추대장이 있습니다. 이 추대장에는 "귀하를 충남 제 7지구당 선거대책위원회 지도위원으로 추대합니다"라고 적혀 있 습니다.

이런 추대장이야 지금 선거판처럼 안면만 있으면 어중이떠중 이들에게도 주는 것이었겠지만, 그래도 충청도 시골에서 김대중, 김영삼을 지지하는 야당을 하기가 참 어려웠을 텐데, 왜 야당에 관심을 두고 선거 때마다 사람들에게 연락을 하고 운동하러 다녔 는지는 모르겠습니다.

그런데 그것도 당신의 활동이 내 취직에 방해가 된다며 그만두 었습니다. 물론 아버지는 내가 졸업 직전에 돌아가셨습니다. 아버지와는 상관이 없는 일이지만, 나는 첫 번째 시집 내용 때문에 입사한 공기업에서 해고되어 거의 3년이나 해고무효소송을 하는 경험을 하였습니다. 사소한 학생운동 경력자들과 함께 5명을 동시에 집단 해고한 것이니 정치적 해고가 분명하였습니다. 하여튼 이런 시절이 있었습니다.

시와 함께 아버지에 대한 기억을 떠올리고, 유품들을 뒤적이면서 생각해보니, 아버지는 나름대로 이것저것 처해 있는 현실에서 가정경제와 사회활동에 최선을 다하는 삶을 사셨습니다.

어떤 일이 문득 닥칠 때마다 "아버지라면 어떻게 했을까" 하고 생각을 합니다. 술과 담배를 많이 하시고 성격이 불같았던 아버지와 반대로, 나는 술주정을 안 하고 담배를 원래 안 배우고 성격이 느긋하지만 이것도 아버지에게서 배운 것입니다.

공광규 동국대 국어국문학과 박사. 1986년 《동서문학》으로 등단하였으며, 시집으로 『소주병』, 『말똥 한 덩어리』, 『담장을 허물다』 등이 있다. 윤동주 문학상, 고양행주문학상을 수상하였다.

• 김박은경

그 여름에
우리는

당신의 삶에 당신 자신은 한 번도 없었어요. 중심부
터 주변까지 식구들만 가득해요. 주고 또 주어 텅
비어 있어요. 바람을 좋아하시는 그 일생이 바람인
것도 같아요. 스스로는 아무것도 품지 못하면서 다
른 모든 것들을 흔들고 달래고 재우는 옮기는 그런
바람이요.

흰 리본 핀을 단 사람들이 있어요. 설악산 주전골 오색약수 근처로 늦은 피서를 와 있어요. 그들로부터 초로의 사내가 걸어 나와 담배를 물어요. 여자들 둘이 따라와서 그의 양팔을 잡고 흔들며, 이렇게 공기 좋은 곳에서 담배는 조금 참으시라고 말해요. 그는 요것만 피우겠다며 고개를 끄덕여요. 두어 모금 빨고 서둘러 끄고는 꽁초 버릴 곳을 찾지 못해 작게 구부려서 손에 쥐고 돌아와요. 어린아이들이 할아버지를 외치며 그를 잡아끌어요. 담배 가루가 아이들에게 떨어질까 높이 들고 따라가요. 푸른 파라솔 아래 흰 탁자와 의자들, 그 밑으로 몇 개의 돗자리를 이어 붙였어요. 옥수수와 수박과 참외와 과자와 각종 음료수들이 있어요. 그는 종이컵에 담배꽁초를 버리고 커피를 집어요. 과일 좀 드세요, 커피는 아까 드셨어요, 젊은 여인이 말해요. 그랬던가, 그는 작게 웃어요. 셔츠 주머니의 담배에 손을 얹어요. 담배도 방금 피우셨잖아요. 아, 그랬던가, 그는 또 웃어요.

아이들은 연신 장난을 치며 놀아요. 다양한 호칭들이 등장해요. 언니, 오빠, 형부, 처제, 새언니, 작은언니, 매형, 매제, 이모, 고모, 삼촌, 아버지, 아버님, 할아버지, 그리고 아이들의 이름들이 이어져요. 그의 식구들이에요. 딸 둘 아들 둘에 각각의 아이들이 둘씩, 모두 열여섯에 그를 합하니 열일곱 명이네요. 그들을 바라보는 그의 얼굴에 웃음이 번져요. 그는 다시 그 너머의 먼 데 산을 봐요. 산은 거대한 파노라마 수묵화 같아요. 서로 뒤엉켜 꿈틀대는 무섭도록 진한 초록 수풀 위로 구름은 멈추어 있어요. 그의 눈은 텅 비었어요. 아무것도 보고 있지 않아요. 귀도 텅 비었어요. 아무것도 듣고 있지 않아요. 가슴속에 고여 있던 표정이 서서히 배어나는 것 같아요. 모든 것을 잃은 것 같고 희망도 의욕도 없어 보여요. 아이들 웃음소리는 여전하지만, 어른들은 그의 눈치를 살펴요. 한 여자가 울어요. 한 여자가 다가와 등을 토닥이다가 함께 눈물을 흘려요. 놀던 아이들이 놀라서 쳐다봐요. 한 아이가 달려와서 여자를 안아요. 울지 마요, 엄마, 뚝, 착하지! 그 소리에 다들 조금씩 웃기 시작해요. 가라앉아 젖어들던 공기가 조금은 바삭바삭해져요.

해가 지는 설악은 빨리 돌리는 필름처럼 순식간에 변해요. 붉은빛이 황금빛으로 푸른빛으로 군청빛으로 물들어가요. 세상에 존재하는 모든 색들이 뒤엉켜요. 일순간 끓어올라요. 절정의 빛이 지나면 캄캄한 어둠이 들어차요. 그러는 내내 공기는 맑고 투명하고 시원해요. 심호흡을 할 때마다 가슴이 뻥 뚫리는 것 같아요. 이런 빛은 어디에 있던 걸까요. 어둠이 오면 모두 어디로 사라지는 걸까요. 사라지지는 않고 가라앉아 때를 기다리는 걸까요. 아침이면 잠에서 깨어나듯 원래 있던 그 자리에서 다시 눈을 뜨는 걸까요. 대상들은 늘 그대로인데 바라보는 사람 스스로 밝아졌다가 어두워지기만을 반복하는 걸까요. 이곳에 그는 여러 차례 왔었어요. 가장 처음에는 어린 소년이었고, 다음에는 청년이었고, 다음에는 아내와 함께였고, 그 다음에는 아내와 아이들이 함께였어요. 여름마다 피서를 떠나지는 못했지만, 어느 해건 휴가를 간다고 하면 당연히 이곳이었어요.

그 여름이 떠올라요. 사내는 늙지 않았고, 아내도 둥근 복숭아 빛이었어요. 처음 산 승용차에 아이들을 겹쳐 앉히고 먼 길을 달려왔어요. 아내는 동네잔치를 준비하는 것처럼 며칠을 분주했어요. 온 식구가 먹을 밥을 지으려니 코펠 외에도 밥솥과 프라이팬을 챙겼고요. 배추김치, 열무김치, 오이소박이에 꽈리고추 멸치볶음과 장조림과 깻잎장아찌 등을 준비했어요. 커다란 아이스박스에 얼음을 깔고 차곡차곡 쌓아 갖고 왔어요. 대형 얼음은 그날 새벽 큰아들이 얼음집 문을 두드려 사왔지요. 숙소에 도착해 짐을 풀고 저녁을 준비하면서 아내는 그를 불러요. 장거리 운전에 갈증 나고 피곤했을 그를 위해 차가운 맥주 한 캔과 멸치 몇 마리와 고추장을 권해요. 단숨에 맥주를 달게 비운 사내는 분주한 아내 곁에서 서성거려요. 도울 일은 없는가, 약수가 모자라지는 않는가, 버너의 가스 상태는 괜찮은가 등을 물어요. 식구들 모두 신이 났고 그런 모습을 보는 그의 마음도 좋아요. 칼칼하게 끓여 낸 민어매운탕과 오색약수로 지어 푸른빛이 도는 밥을 다들 맛있게 먹어요. 그는 눌은밥까지 잔뜩 드시고 잘 먹었습니다, 마나님, 하고 말해요. 그 호칭은 기분이 좋을 때 건네는 거예요. 그 말 한 마디에 아내는 더욱 기분이 좋아져요. 그는 설거지는 아들들과 할 테니 물에 담가만 두라고 당부하며 담배를 피우러 나가요. 이런

곳에서의 담배라면 보약이나 진배없다는 농담도 해요. 아내는 흘겨보며 따라 웃어요. 그날 식구들의 표정은 행복의 샘플 같아요. 차갑고 맑은 밤이 깊어가요. 민박집 커다란 방에 함께 나란히 누워 이런저런 얘기를 나누다가 잠이 들어요. 아무리 낯선 곳이어도 온 식구들이 함께라면 원래 살던 집 같아요. 이렇게 함께라면 어디서든 살 수 있을 것 같아요. 집이란 식구와 같은 말인 것도 같아요.

다시 늙은 그의 시간, 한낮의 수영장이에요. 식구들의 셔츠에도 머리에도 여전히 흰 리본이 달려 있네요. 조금씩 구겨지고 때가 타기 시작했어요. 아이들은 우르르 몰려와서 쉬다가 웃다가 또 우르르 물로 뛰어들며 놀아요. 그걸 바라보던 누군가 조용히 울기 시작해요. 몰래 우는데도 다들 알아차려요. 보지 않는 척하면서 서로를 계속 살피고 있었던 모양이에요. 분위기를 반전시킬 액션이 필요해요. 누군가는 일부러 넘어지고 누군가는 갑자기 물로 뛰어들고 누군가는 비치볼을 높이 던져 올려요. 그럴 때마다 다들 과장되게 웃어요. 웃어줘요. 웃다 보면 조금씩 더 웃게 돼요. 슬픔의 틈으로 웃음이 스며들어요. 무겁게 고였던 슬픔들이 조금은 씻겨 나가는 것 같아요. 그럴 때 설악은 총천연색 만화경 같아요. 여기저기 생기로 가득해요. 바람은 시원스럽게 웃던 그의 아내를 닮았어요. 몰려다니는 구름들은 둥글둥글하던 아내의 몸을 닮았어요. 좋은 날이에요. 참 좋은 날이에요. 슬프고 아픈 일이란 세상에 없었던 것만 같아요.

　파라솔 아래의 그는 잠이 들었어요. 깊은 피로가 눈꺼풀 위에 인중 위에 입술 위에 가슴에 얹은 두 손 위에 고여 있어요. 많은 곳을 헤매고 다니느라 닳고 닳은 몸이에요. 젊은 시절에는 사막의 나라를 떠돌았어요. 터번을 쓰고 맞던 모래바람과 기다란 눈썹을 가진 낙타의 시간도 있었지만 이란·이라크 전쟁이 시작되었을 때는 생사의 고비를 넘기도 했어요. 팔레비 왕조며 호세이니 같은 낯선 이름들이 뉴스마다 떠들썩하던 때였어요. 공항이 폐쇄되고 총알이 머리 위를 날아다니는 일촉즉발의 순간들도 있었어요. 연락이 두절된 채 식구들은 뉴스에 귀를 기울이고, 무사히 빠져나온 사람들을 만나 소식을 묻고 기다리는 수밖에 없었어요. 어느 주말 그의 막내 딸아이가 하늘의 쌍무지개 꿈을 꾼 아침, 그가 전화를 해왔어요. 아버지는 무사하다, 곧 돌아간다, 비행기를 기다리고 있다고 말했어요. 식구들은 서로를 껴안고 울고 웃었어요.

그 여름, 그가 살아서 돌아왔어요. 생사를 장담할 수 없이 두려운 곳을 빠져나오면서도 준비했던 짐을 하나도 잃어버리지 않았어요. 식구들을 위해 하나 둘 모았던 것이라서, 그토록 사랑하는 식구들에게 줄 것들이라서 목숨만큼 소중했다고 그는 말해요. 아이들 둘이 들어갈 만큼 커다란 가방과 작은 가방들이 마루에 펼쳐져요. 모두들 그의 얼굴을 보고 그의 말을 듣고 그가 펼치는 가방을 보느라 정신이 없어요. 눈썹 정리용 가위 세트부터 목걸이와 시계와 원피스와 향수와 아몬드와 마카다미아 너츠와 민트 초콜릿과 양탄자 벽걸이 등이 있어요. 양탄자 벽걸이는 거실 벽을 가득 덮을 만큼 커요. 가장자리에 금색의 짧은 술을 달고, 짙은 초원을 배경으로 암수 두 마리의 큰 호랑이 곁에서 네 마리의 아기 호랑이들이 놀고 있어요. 이건 우리 여섯 식구 같아서 샀다고, 이건 당신이고 이건 큰딸, 큰아들, 작은아들, 이 작은 호랑이는 막내딸이라고 그는 설명해요. 먼 이국의 상점에서 그걸 보는 순간 고국의 내 가족들을 위한 것이라고 생각했다지요. 그는 양탄자 속 호랑이처럼 언제 어디서건 먹이를 구하러 나가는 사람이에요. 가족을 위해서라면 불가능이 없는 사람이에요. 목숨을 걸고 사막 위에 건물을 지은 대가로 집을 사고 자식들도 부족함 없이 키울 수 있었어요. 운명은 온전히 그의 것이었어요. 양탄자 속 전경처럼 세상의 일들도 그의 시야 안에 있어요. 언제까지나 그럴 거라고 그는 생각했을까요.

아니요. 그렇지 않았어요. 많은 일들이 벌어졌어요. 이후로 그가 맡게 된 건축 회사는 하루가 다르게 성장했어요. 그의 완벽주의와 성실함과 책임감이 그런 성공을 가능케 했어요. 바쁜 하루를 보내느라 점심은 건너뛰는 습관이 생겼고, 덕분에 위장병이 생겨서 한동안 고생은 했지만 큰 고생일수록 큰 보람으로 여기는 사람이었으니 아무도 말릴 수가 없었다지요. 다만 성장세가 너무 커서 그의 통제가 불가능한 범위까지 확대되어 걱정스럽기는 했다는데요. 사업이란 늘 위험요소를 동반하는 것이라고, 더 큰 발전과 도약이 가능할 것이라고 그는 담대하게 밀고 나갔어요. 그러다 일가친척 회사와의 보증 문제로 어음을 막지 못하는 사태가 벌어지고, 알면서 돕지 않을 수 없다는 그의 고집으로 자금을 밀어 넣다가 회사가 무너졌어요. 수습은커녕 어마어마한 채무를 뒤집어쓰고 집을 잃고 거리에 나앉게 되었어요. 근심과 분노는 그의 숨통을 조였어요. 그를 완전히 무너뜨리려고 시시각각 달려들었어요. 밤잠을 못 자고 줄담배를 피우다가 새벽이면 방도를 찾으러 나가 하루 종일 헤매고 다니다가, 취한 채 휘청거리며 돌아와서는 벽을 치며 울기도 했어요.

아내는 그 울음이 잦아들기를 기다리다가 국을 데워서 밥상을 새로 차렸어요. 잘 먹고 견디자는 의미였겠지요. 산 입에 거미줄 이야 치겠냐는, 방법이 분명히 있을 거라는 의미였겠지요. 그렇 게 견디던 슬픔과 걱정은 사라지지 않고 아내의 몸속으로 옮아갔 어요. 작게 뭉쳐 점점 크게 자라며 숨을 갉아먹기 시작했어요. 생 각지도 못했던 아내의 발병과 입원과 수술과, 재발과 입원과 수술 들이 이어졌어요. 그에게 남은 최선은 아내뿐이었어요. 언제나처 럼 최선을 다하면 아내의 병을 고칠 수 있을 거라고 그는 믿었어 요. 하루 24시간 아내만을 위하는 특별한 간호의 날들이 이어졌 어요. 병원에 머물러야 하는 긴 시간 동안 사내는 제대로 잠을 잔 적이 없어요. 발이 빠지는 뜨거운 사막을 버티던 그의 두 발은 딱 딱하고 차가운 병원의 복도를 달려요. 무너진 가문과 아내는 낙 타의 혹처럼 그를 압박해요. 수시로 눈꺼풀이 내려앉고 등이 결 리고 다리가 저려요. 그래도 그는 아내 곁을 떠나지 않아요. 아내 에게 농을 걸고 안마를 해주고 휠체어에 앉혀 병원 마당을 순례하 고 아내가 먹고 싶을 음식들을 만들고 사서 나르면서 위로하고 응 원해요. 그래도 아내의 몸은 점점 작고 희미해졌어요.

다시 설악이에요. 한 번에 한 가지 감정만 느낄 수 있는 건 아닌 것 같아요. 그는 많이 슬프지만 조금은 기쁘니까요. 안타깝고 아쉽지만 어쩐지 다행스럽다고 느끼니까요. 아내가 사라지지 않았다면 마약과도 같은 진통제로도 달랠 수 없는 통증이 아내를 계속 괴롭혔을 테니까요. 이제는 그 통증들이 사라졌을 테니까요. 아내를 한 번 잃었으니 두 번 다시 잃을 일은 없을 테니까요. 링거줄에 매달린 아내가 아플 때 그도 아프고, 숨을 몰아쉴 때 그도 숨을 쉬었어요. 그러다가 아무리 기다려도 숨을 쉬지 않던 순간 그는 뭘 어찌해야 할지 몰랐어요. 식어가는 아내의 손을 잡고 있을 때 차갑고 거슬거슬한 모래바람이 시야를 가려왔어요. 거대한 모래 폭풍이 그의 일생을 덮어 버렸어요. 바람이 지나 눈을 떴을 때 그는 막막한 모래 위에 홀로 남겨졌어요.

장례를 준비하며 식구들은 병원에서 그를 빼냈어요. 조금이라도 자두지 않고는 버틸 수 없는 상태였으니까요. 새벽까지 딸아이 집에 계시도록 했어요. 더운 그 여름 밤, 반듯하게 깔아 놓은 요에 누워요. 눈 속에 작은 모래알들이 떠다니는 것 같아요. 입속으로도 가슴속으로도 마른 모래가 쌓여 있는 것 같아요. 그래도 온전히 등을 바닥에 대고 누운 밤, 꿈도 없이 깊이 자는 동안 어쩌면 고단함이 슬픔을 위로했던 것 같아요. 그 모습을 보며 이미 잠든 아내도 안도했을 것 같아요. 오랜만에 그의 얼굴에 악몽이 스며들지 않았으니까요. 그러니 설악의 파라솔 아래에서 잠시 잠든 그의 손 위로도 아내의 가벼운 손이 얹혀 있지 않았을까요. 그가 쉬는 숨을 따라 가만히 오르내리다가 꿈에서라도 그의 단잠을 방해할까 봐 조심히 바라보고만 있지 않았을까요.

숙소의 식사 시간, 젊은 여자들 넷은 아주 바빠요. 전두 지휘하는 마나님이 안 계셔서 다들 우왕좌왕 순서를 못 잡아요. 이럴 때 엄마는, 어머니는 어떻게 하셨는지 의견이 분분해요. 그래도 어찌어찌해서 작은 닭 다섯 마리로 삼계탕을 준비했지만 그가 알던 그 맛이 아니에요. 아내의 손맛을 대신할 것이 없다는 걸 그는 알고 있어요. 다시는 아내가 해주는 음식을 먹을 수 없다는 것도 알아요. 아내의 부재는 좀처럼 익숙해지지 않을 거예요. 아직도 여보, 여보, 부르다가 멈칫하고 또 멈칫해요. 삼계탕은 식어 가는데 그는 소금을 치고 또 쳐요. 한술도 뜨지 못한 그를 위해 누군가 눌은밥을 내와요. 가라앉으려는 분위기를 누군가 흔들어요. 만담이 시작돼요. 아주 오래전, 그의 막내딸이 어린아이였던 시절. 자고 일어나 보니 잘 자던 아이가 사라졌어요. 온 집안을 뒤지다가 집 앞까지 나가서 찾았다지요. 그래도 찾을 수가 없어서 경찰에 신고를 해야 할까 근심하는데 앉은뱅이책상 아래로 앙증맞은 손인지 발인지가 튀어나오더라나요. 신나게 자느라 책상 밑으로 굴러들어갔다는 거죠. 그의 막내아들 얘기도 빠지지 않아요. 처음 택시를 타던 순간, 공손히 인사하고 신발 벗고 택시에 올랐다는 얘기요. 신발을 찾아 택시가 후진했다는 대목에서 웃음이 또 터져요.

그 좌식 책상은 그가 직접 만든 것이에요. 태어난 아이와 태어날 아이들을 위해 단단한 나무를 골랐다지요. 센티미터, 밀리미터 단위까지 정확히 자르고 반듯한 못을 골라 깊이 박고 작은 가시라도 있을까 사포로 오래도록 문질러 매끈하게 다듬고요. 니스를 바르는 것으로 마무리한 앉은뱅이책상은 네 아이들이 차례로 사용했다지요. 그는 무엇이든 정교하게 잘 만들었는데 절대로 대강하는 법이 없었어요. 머릿속으로 궁리를 하고, 밑그림을 그려보고, 종이와 연필과 자로 도면을 그리고, 정성을 다해 정확하게 만들었지요. 환타와 보리라는 이름의 개를 위한 집도 있었어요. 백 년도 더 쓸 수 있을 정도로 단단했고 사람이 들어가 살아도 좋을 만큼 넉넉한 크기였는데요. 그가 정말로 짓고 싶었던 것은 배관과 설비가 완벽하고 반듯하고 아름다운 한 채의 집이었다지요.

어떤 바람이 불어도 무너지지 않고 영원히 사라지지 않아서 그곳에 깃든 식구들 모두가 가득히 행복해지는 그런 집이었다지요.

삼계탕은 이제 바닥이 났어요. 배는 부르고, 아이들은 졸려요. 하늘은 검푸른 비단 폭 같고 별들은 바늘땀처럼 빼곡해요. 손을 올려 흔들면 크고 작은 별들이 툭툭 떨어질 것만 같아요. 저 별들 속에 이미 사라진 별들이 있다는 건 신기한 일이죠. 우리 곁에 이미 없는 사람들이 내내 느껴지는 것도 신비롭고요. 사라지는 것들이 완전히 사라지지 않는 거라면, 사라진 그 자리에 남아 있는 거라면 세상의 상실이란 없는 걸까요. 그것을 알아볼 수 있는 밝은 눈과 마음이 필요한 걸까요. 하지만 그 여름에 그들은 모두 한 사람씩을 잃었어요. 사내는 아내를 잃었고, 자식들은 엄마를 잃었고, 어린 아이들은 할머니를 잃었어요. 모두들 무겁고 깊게 슬퍼서 그걸 짊어진 채로는 일상으로 돌아갈 수 없을 것 같았어요. 떠나간 그녀의 사십구재를 지내고 남겨진 그를 위해, 그들 모두를 위해 계획하고 강행한 대가족 여행이었다지요. 모두들 푹 잤고, 잘 먹었고, 많이 웃으려고 애를 썼다지요.

어느새 많은 여름이 지났어요. 여러 번의 제사를 지내는 동안 사내는 더 많이 늙었어요. 어렸던 아이들은 몰라보게 자랐어요. 그는 이후로 내내 혼자 살아요. 처음에는 혼자서 좀 편히 살아보고 싶다고 했고요. 시간이 지나면서 익숙해졌고요. 누구 하나 선뜻 모시겠다는 말을 하지도 않았고요. 용도를 잃은 오래전의 앉은뱅이책상이 결국 짐이 되었던 것처럼, 그의 삶도 무용한 짐이 될까 마음이 쓰였다고요. 그는 내내 불면이에요. 불면의 밤에 그는 신문의 모든 면을 열심히 읽고 또 읽어요. 떠오르는 질문과 의견들을 글로 써서 투고하기도 해요. 신문의 독자란에 실린 그의 글들은 정갈한 도면 같아요. 매일 있었던 일들을 컴퓨터 일기로 남기고, 갑자기 세상을 떠날 순간을 대비해 남길 말들을 다듬고, 펜글씨교본의 글자체로 반야바라밀다심경을 필사해요. 돋보기를 쓰고 글씨를 쓰는 그는 평생의 필경사처럼 보여요. 『필경사 바틀비』의 바틀비 같지는 않아요. 바틀비는 "I would prefer not to"라고 말했다지요. 그렇게 하지 않는 것을 선호한다는 말로 체제에 저항하고 자존했다고요. 그는 정반대예요. 그는 그것들을 무조건 하는 쪽을 선호해요. 모든 것을 해내는 것으로 경계와 한계를 뛰어넘어요. 그의 평생이 그랬던 것처럼 지금 남아 있는 일들에 대해서도 그래요. 밥을 하고 반찬을 만들고 청소를 하고 빨래를 하고 공과금을 내고 분리수거를 해요. 최선을 다한다는 그의 좌우

명도, 폐를 끼치지 않는다는 그의 깔끔한 성정도 여전해요.

그의 집 냉장고며 싱크대를 들여다볼까요. 365일 영업하는 식당처럼 온갖 식재료가 즐비해요. 이름을 외우기도 힘든 각종 소스와 허브 이파리들과 월계수 잎과 크기별로 얼려둔 멸치, 갈아 얼려둔 마늘과 생강 조각들, 부위별 고기와 생선들은 봉지에 이름과 일자를 적어두었고요. 아기 머리보다 큰 국자와 다양한 용도의 칼 세트, 거품기 등등 종류와 크기가 엄청나요. 그의 특기는 요리에도 있었거든요. 매년 어린이날이면 미트소스나 해물 스파게티를 해서 식구들을 초대해요. 식당용 커다란 들통 가득 소스는 끓어오르고요. 침이 고이는 그 냄새는 골목 가득 떠다녀요. 가을쯤이면 한강 고수부지 캠핑장에 일찌감치 모여 고기 잔치를 해요. 갈비살, 채끝살, LA 갈비 등의 메뉴를 위해 그는 거의 한 달을 준비해요. 우시장이나 마트에서 최고의 고기를 사고 시간을 들여 힘줄을 끊어내고 기름을 잘라내고 양념을 해요. 풍성한 음식을 먹고 산책을 하고 물총놀이도 하고 음악을 듣고 졸다가 사진도 찍어요. 모임마다 찍은 사진들은 그의 큰아들이 다음 해 가족 달력을 만든다지요. 겨울이 시작되면 커다란 독을 닦아요. 동치미의 계절이니까요. 무는 너무 커도 작아도 별로고요. 좋은 갓과 소금이 중요해요. 물과 소금의 양도 제도製圖를 할 때처럼 정확히 측정하고요. 날씨에 따라 익는 속도는 차이가 있는데, 익어가기 시작하면 그의 마음이 또 바빠져요. 시어지기 전에 자식들에게 전해주어야 하거든요. 모두들 줄줄이 가져가고 그가 드실 만큼만 남겨두고서야 그의 겨울은 편안해져요. 그의 각종 메뉴들은 정확한 레시피로 정리해서 모두에게 메일해 두었어요.

옛날부터 세수 시중은 막내 몫이었어요. 더운물을 스텐 대야에 붓고 찬물을 섞어 손으로 저어 온도를 맞추면 '우리 막내, 수고했다!' 하시며 세수를 시작하셨어요. 눈과 코와 입과 귀와 목 뒤까지 비누칠을 해가면서 씻으실 때면 다이얼비누의 연한 주황 거품들이 부풀어 올랐어요. 뽀드득 뽀드득 소리가 날 만큼 정갈하게 씻으시고 나면 반짝이던 스텐대야 가장자리로 하루치의 때와 먼지들이 둥근 테를 그리며 달라붙었고요. 물을 버리시며 대야를 헹구는 일도 잊지 않으셨다지요. 삶아 말린 흰 수건으로 얼굴을 닦으시고, 수건을 목에 건 채 '어서 밥 먹자' 하시면 모두들 둥근 상에 둘러앉았고요. 그의 새끼손가락도 막내딸 몫이었는데요. 그의 손은 크고 딸아이는 작았으니 새끼손가락을 쥐고 함께 걷는 길로 다정한 햇살이 가득했을 것 같아요. 그가 멀리 있을 때 보내는 편지는 언제나 "나의 빛나는 넷 별"로 시작했다는데요. 그의 마음 속 별은 언제나 네 아이들이었고, 그 빛이야말로 그가 가야 할 지향이었다지요.

그렇습니다. 빛나는 네 개의 별 중 가장 작은 별, 제가 바로 그 막내별입니다. 그는 제 아버지예요. 그는 독거하는 노인이 되었습니다. 그에게 다녀오면 옷 가득 냄새가 배어 있어요. 그의 집 현관문을 열자마자 그것은 저를 압박합니다. 큰딸이 앞장서는 대청소도, 방향제와 환기도 소용없어요. 고집스럽게 집안 가득 달라붙어 있는 냄새, 니코틴에 변해버리는 벽지는 또 어떻고요. 도배를 새로 해도 잠깐이에요. 아버지는 참 정갈한 분이신데 담배며 그 냄새에 관해서는 어떻게 할 수가 없어요. 냄새는 담배에서 비롯되었겠으나 그것은 사실 외로움과 고단함과 허망함의 냄새가 아니겠나 싶어요. 무겁고 어둡고 쓸쓸한 냄새들이지요.

당신은 언제나 최선을 다하십니다. 집안일도 그렇고, 소일거리에 불과하다고 하시지만 여전히 일을 하시고요. 좋아하는 작가의 책을 사서 읽고 제게 주십니다. 읽고 주지 않으시는 책들은 번역이 엉망이거나 짜깁기로 만들었거나, 뭔가가 별로인 책들입니다. 그런 책은 제목을 일러주시며 절대 읽지 말라고 알려주시지요. 당신은 평생 책을 좋아하셨어요. 『설국』의 한 대목, 『백경』의 한 대목 당신이 묘사하실 때마다 그 책을 다시 찾아 읽고 싶어지지요. 중학생 때였어요. 학교에 갔다 오니 아름드리 전집이 책장 가득 꽂혀 있었지요. 하드커버의 계몽사 세계문학전집이었어요. 그 책들로 아름다운 성을 쌓았어요. 그 속에 들어가 읽고 또 읽었어요. 막내딸은 책벌레구나, 하시며 방을 들여다보실 때면 작은 성 안으로 기분 좋은 바람이 불어왔어요. 누구라도 부러워할 만큼 아낌없는 사랑을 받았던 그 아이가 이제 두 아이의 엄마가 되었는데요. 당신에게는 아직도 철부지 아이에 불과하지요. 여전히 어리고 안쓰럽고 사랑스러운 그런 아이 말입니다. 환절기마다 독감 예방주사를 맞았는지 확인하고 당부하시고, 각종 건강 상식과 살림 정보와 시로 쓰면 좋을 이야기들을 메일로 보내시고요. 찾아뵙고 돌아올 때면 차가 모퉁이를 돌 때까지 오래오래 손을 흔들고 계십니다. 집들 사이로 높다란 고갯길 위로 당신의 손만 보일 때까지 저도 돌아보고 또 돌아보지요. 돌아와도 당신은 여전히 그곳에서 손을 흔들고 계신 것만 같아요.

당신은 늘 말씀하십니다. 시 너무 열심히 쓰지 말라고요. 들이는 시간과 공이 아깝다고요. 턱없이 적은 고료며 대우에 속이 상하신다고요. 누가 시집을 사서 읽느냐고요. 문단에 대한 말씀이라기보다는 딸아이의 인생과 시간에 대한 염려라는 거 압니다. 아버지에게 소중한 것은 시가 아니라 딸이니까요. 그러시면서도 통화할 때마다 요즘 어떤 작품을 쓰느냐고 잊지 않고 물으십니다. 제 시집을 가장 열심히 읽는 사람은 아버지이시지요. 여러 번 읽으시고 차근차근 질문 메일을 보내십니다. 이 시는 누구를 대상으로 하는 것인가, 이 대목은 어떤 의미인가 등인데요. 저는 고심 끝에 한 편 한 편 해설을 써서 메일 답을 올립니다. 그리고 나면 다시 아버지의 긴 메일이 도착하지요. "막내딸의 시집을 읽고"라는 제목입니다. 세상 어디에서도 누구에게서도 받을 수 없는 칭찬과 감탄과 이해로 가득합니다. 그 메일만으로도 저는 모든 고심들을 보상받고도 남습니다.

당신에게서 벗어나고 싶은 시간들이 물론 있었어요. 일상의 모든 것들에 대한 단속과 엄호가 얼마나 심한지 친구들 사이에 소문이 다 났잖아요. 대학 때 미팅을 하다가도 밤 아홉시가 지날까 부리나케 달려왔는데요. 집 앞에는 아버지가, 옆에는 작은오빠가 무서운 얼굴로 버티고 계시니 따라오던 남학생들은 기겁을 하고 도망쳤지요. 어디도 못 가게 하시고, 언제나 일찍 오라 하시고, 못 하게 하시는 것들만 많아서 숨이 막혔어요. 그것들이 저를 한정 짓고 제한해서 멀리 유학을 가버려야지 했고요. 다른 공부와 결혼으로 도망은 미수에 그쳤는데요. 지금 생각하면 그 마음이 이해가 되는 것이, 험한 세상의 위험은 모두 막아주고 좋은 것들로만 제 삶을 채워주고 싶으셨던 거죠. 그게 아버지의 최선의 사랑이고요. 그 모든 것들이 저를 지켜주었고, 지켜주고 있다는 것을 알겠어요. 힘들고 답답해서 아, 그냥 막 살아버릴까 싶어질 때마다 어찌 아시고 전화를 주십니다. 별 말씀은 안 하세요. 요새도 바쁘냐, 글 많이 쓰냐, 아픈 데는 없냐고 하시지요. 그냥 목소리가 듣고 싶었다고 하실 때도 있어요. 죄송하고 따뜻하고 아파서 저는 늘 제자리로 돌아오게 됩니다.

아버지. 사막을 떠나온 후로도 당신은 사막에 사시는 것만 같아요. 금기와 금지와 원리 원칙으로 가득한 아버지의 삶에는 호사 취미도, 놀러 다닐 친구도, 허랑방탕한 시간도 없이 바싹 말라 있어요. 당신의 삶에 당신 자신은 한 번도 없었어요. 중심부터 주변까지 식구들만 가득해요. 주고 또 주어 텅 비어 있어요. 바람을 좋아하시는 그 일생이 바람인 것도 같아요. 스스로는 아무것도 품지 못하면서 다른 모든 것들을 흔들고 달래고 재우는 옮기는 그런 바람이요. 제가 아버지를 닮은 점이라고는 바람과 비와 책을 사랑하는 정도인 것 같아요. 아버지처럼 텅 빈 사막 같고 바람 같은 최선이라면 절대 할 수 없을 것 같아요. 늦은 시간에 전화벨이 울리면 가슴이 내려앉습니다. 아프신 건 아닐까, 무슨 일이 생긴 건 아닐까 흠칫 놀랍니다. 하지만 그런 시간에 연락을 하실 리가 없지요. 무슨 일이 생기더라도 그런 시간은 피할 분이세요. 언젠가 당신 없는 날에 당신의 레시피들을 들여다보겠지요. 아무리 보고 따라서 해보아도 당신의 맛이 나지는 않겠지요. 예감하는 이별은 이상합니다. 이런 예감은 오래도록 들어맞지 않았으면 좋겠습니다. 아버지. 지금 뭐 하시나요. 며칠 내리던 비가 그쳤습니다. 오늘 밤에는 별이 보이겠어요. 아버지가 품었던 별들은 이제 각자의 자리에서 저마다의 별들을 품고 있어요. 하나의 별이 두 개의 별이 무진한 은하로 변해가는 상상을 해봅니다. 그런 하늘이라면 시끌벅적 다정하고 즐거울 것도 같아요. 오늘은 그런 꿈을 꾸시면서 푹 주무세요. 오늘도 수고하셨습니다.

김박은경 2002년 《시와 반시》로 등단하였으며, 시집으로 『온통 빨강이라니』, 『중독』, 산문집으로 『홀림증』이 있다.

• 김상미

우리 집의
귀한 손님

우리는 아버지가 없는 듯 살았다. 아버지가 신고 있는 구두는 땅을 밟고 걷는 인간의 구두가 아니라 하늘을 훨훨 나는 새의 구두였다. 그리고 아무도 그 구두를 아버지로부터 벗겨 내거나 빼앗아 올 수 없었다.

나는 아버지가 없습니다 아버지는 내 청춘의 중간 지점에 나
무관으로 걸려 있습니다 아직도 나는 나무관을 따뜻한 지하로 내
려놓지 못했습니다 사람들은 모두 나를 모르는 척 지나갔습니다
꿍, 꿍, 꿍, 나는 나무관을 끌어내리는 데 내 청춘을 다 소비했습
니다 물빛 하늘을 가로질러 가는 철새들의 울음소리가 뚝, 뚝,
뚝, 나무관을 적실 때마다 나무관 위에는 붉은 꽃들이 피고 붉은
꽃들이 졌습니다 내 어깨는 점점 무거워지고 나는 내 삶 전체를
흔드는 아버지의 나무관 때문에 자꾸만 끝이 뾰족해졌습니다 끝
이 뾰족한 것은 모두 죄다, 힘 있는 사람들은 여전히 나를 모르는

척 지나갔습니다 너무나도 끝이 뾰족해진 나는 어깨 위의 나무관
을 뚫기 시작했습니다 나무관에 뚫린 구멍이 아주 커다란 구멍이
되었을 때, 그 구멍 속에서 새 한 마리 날아올랐습니다 파랑새,
나는 것은 모두 죄다, 끝내 아버지는 따뜻한 지하에 내려서지 못
하고 추운 하늘로 하늘로 날아올라갔습니다 나는 아버지가 없습
니다 구멍 뚫린 죄의 얼룩만 남은 나무관 곁에서 이제 홀로, 홀로
노래해야 합니다 새야, 새야, 파랑새야……

— 「파랑새」 전문

*

  아버지는 댄디dandy였다. 언제 봐도 어디서 만나도 흐트러짐이
없이 우아하고 단정했다. 어쩌다 안방 옷장 문을 열면 거의가 다
아버지의 옷들뿐이었다. 고급스럽고 멋진 양복들, 다림질된 새하
얀 와이셔츠, 모던하고 예쁜 색상의 넥타이, 세련되고 중후한 선
글라스와 중절모, 그리고 신발장에서 반짝이는 고급 구두들. 우
리 집에서 가장 멋지고 부유한 사람은 아버지뿐이었다. 쌀독에
쌀이 떨어져 온 식구가 굶게 되어도, 공납금을 내지 못해 담임선
생님께 심하게 야단을 맞아도, 교복을 맞추지 못해 조회시간을 부

끄러운 악몽으로 보내야 해도, 아버지는 택시를 타고 다녔으며 지폐로 불룩한 지갑을 지니고 다녔다.

아버지는 우리 식구가 아니라 마치 우리 집에 놀러온 귀한 손님 같았다.

친구들은 그런 아버지를 보고 멋지다, 세련됐다, 배우 같다, 근사하다고 부러워했지만 나는 우리 아버지보다 친구들의 아버지가 더 부러웠다. 시간만 나면 순이를 데리고 등산을 가는 순이 아버지, 딸을 위해 퇴근길에 세계문학전집을 사들고 오는 숙자 아버지, 아무리 조그만 상이라도 자식들이 상만 타오면 동네잔치를 벌이는 미희 아버지, 공부를 못해도, 외모가 뒤떨어져도, 우리 딸, 내 아들이 최고라고 말하는 경수 아버지, 언제 어디서 만나도 밥 먹었니? 하고 다정히 물어보는 영희 아버지……, 나는 그런 아버지들이 부러웠다. 우리 아버지는 한 번도 내게 밥 먹었니?라고 다정하게 물어본 적이 없었다. 내 친구 경희는 아버지가 수위여서 부끄럽다고 했지만, 나는 수위인 경희 아버지가 참 좋았다. 베트남전에서 다리를 다쳐 작은 회사 수위를 하고 있지만, 경희 아버지는 한때 작가를 꿈꾸었던 문학도였다. 경희를 따라 경희 아버지에게 갈 때면 괜히 설레고 즐거웠다. 경희 아버지가 추천해주는 동화책들은 정말 재미있고, 슬프고, 아름다웠다. 그 때문에 나는 경희가 부럽고 경희 아버지가 좋았다. 경희 아버지는 회사 수위인데도 경희가 원하는 건 무엇이든 다 해주려고 노력했다. 우리 아버지는 조그만 회사 사장님인데도 내가 원하는 게 무엇인지조차도 몰랐다.

나는 그런 아버지를 이해할 수 없었다. 수려한 외모에 박식하고 학벌도 좋은데…… 왜 아버지는 근사한 데 취직을 해 가족들을 풍요롭게 해주지 않는지……. 왜 보따리장사 같은 사업만 벌였다가 접고 또 벌이는지…….

＊＊

한 가정의 가장만 아니라면 아버지는 누가 봐도 멋있고 근사한 사람이었다. 야망에 젖은 손으로 레몬을 쥐어짜듯 이 세상을 쥐어짜고 현실을 쥐어짰다면 누구보다도 세속적으로 성공했을 사람이었다. 하지만 아버지는 어쩔 수 없는 댄디. 멋과 품위에 사로잡힌 사람. 타고난 도도한 성품 아래 깔려 있는 순도 100%의 나르시시즘과 이상주의 성향은 현실에 깊숙이 발을 들여놓으면 들여놓을수록 더욱더 이 세상과 멀어졌다. 이 세상과 잘 맞지 않았다.

부농에 가까운 집안의 외동아들로 태어나 어릴 때부터 남부럽지 않게 사랑만 받고 자라난 영향도 아버지의 그런 인생관에 크게 한 몫을 했으리라. 무엇보다도 가난을 혐오하면서도 아버지는 그 가난을 극복하기 위해 악착같이 현실에 달라붙고 부딪쳐 그것을 이겨내려는 의지와 끈기가 없었다. 거듭되는 사업 실패에도 불구하고 아버지는 그 실패를 진심으로 인정하려 하지 않았다. 친구에게 큰돈을 떼이고, 친척에게 큰 사기를 당하고, 부하직원이 공금을 들고 날라도, 아버지는 진심으로 좌절하거나 그들을 끝까지 추적하여 응징하지 않았다. 오히려 절망에 빠져 우는 어머니와 우리들을 내버려두고 며칠씩 집을 떠나 잠적했다가 흐트러짐 없이 유유히 집으로 다시 돌아왔다. 그 나머지 힘든 일들은 모두 우리들 몫이었다. 차압 딱지 붙은 집을 비워주고 여기저기 돌아다니며 전셋집을 구하고, 당장 필요한 가구와 생필품을 이것저것 구하러 다니는 것, 그 모든 일들은 모두 우리들 몫이었다. 그렇게 어렵게 살 집을 구하고, 어느 정도 구색이 갖추어지면 아버지는 귀신같이 집으로 돌아왔다. 나는 언제나 그 점이 궁금하고 신기했다. 우리끼리, 아버지 없이 이사를 했는데 어떻게 아버지는 우리가 사는 곳을 알아냈을까? 아무도 연락하지 않고, 전화도 없는 시절이었는데.

***

초등학교 2학년 때였으리라. 아버지가 친척에게 회사공금을 빌려주고 못 받아 처음으로 우리 집에 붉은 차압 딱지가 붙었던 때가. 그때도 아버지는 우리만 남겨놓고 어딘가로 숨어버렸다. 무엇을 어떻게 해야 할지, 벼락에 맞은 듯 넋이 나간 어머니와 우리만 남겨놓고. 아무리 수소문해도 아버지의 행방을 몰라 며칠을 눈물로 지새우며 누워 있던 어머니는 그래도 살아야 한다며 어린 내 손을 잡고 이 동네 저 동네 살 집을 구하러 다녔다. 며칠을 돌아다니다가 겨우 우리가 살던 동삼동에서 아주 먼 연산동에 싼 집을 구해 이사를 했다. 나는 아버지가 집을 몰라 안 돌아오시면 어쩌나……, 은근히 걱정이 되었다. 그런데 어느 날 밤, 밥상을 펴놓고 숙제를 하고 있는데, 저 멀리서 아버지의 발자국 소리가 들려오는 게 아닌가. 나는 어머니를 향해 어머니, 아버지가 와요!라고 소리쳤다. 어머니는 너희 아버지가 이 집을 어떻게 알고 찾아오겠니?라며 쓸쓸하게 웃었다. 나는 창가로 가 다시 한 번 귀 기울여 발자국 소리를 들었다. 분명히 아버지 발자국 소리가 맞는데……. 어머니는 네가 아버지를 많이 기다리나 보구나. 네 아버지는 우리가 어디에 사는지도 모르는데, 쓸데없는 데 신경 쓰지 말고 숙제나 계속하라고 했다. 하지만 내 귀에 들리는 건 분명히 아버지의 발자국 소리였다. 그 발자국 소리가 점점 가까워져 우리 집 앞에서 멎었을 때, 나는 총알같이 튀어 일어나 아버지가 맞다! 소리쳤다. 그와 동시에 바깥에서 상규야! 하고 동생 이름을 부르는 아버지의 목소리가 들렸다. 정말 아버지가 돌아온 것이다! 아버지는 쌀 한 가마니와 과일 두 박스와 여러 가지 과자 봉지가 든 꾸러미를 들고 환하게 웃으며 우리 집으로 들어섰다. 어머니는 놀라서 나를 바라보았다. 참 신통하구나. 발자국 소리만 듣고도 그게 네 아버지 발자국 소리라는 걸 다 알아맞히다니. 그건 나도 마찬가지였다. 나는 아버지가 더 신통방통했다. 내가 아버지 발자국 소리를 알아맞힐 수 있었던 것은 밤에는 먼 데 소리가 아주 가깝게 들려 내 귀에 익숙한 아버지 발자국 소리를 리듬만으로도 알아챌 수 있었던 것이지만……. 아무도 가르쳐주지 않은 우리 집을 아버지는 어떻게 알고 찾아왔을까? 나는 그게 너무 신통방통해 몇 번이나 흘깃 아버지를 훔쳐보았다. 혹 여우가 아버지로 변장해 우리 식구들을 다 잡아먹으러 온 것은 아닌지…… 하는 마음으로.

****

아버지가 돌아옴으로써 우리 집은 다시 활기차게 바퀴가 돌아가기 시작했다. 아무리 아버지가 야속하고 원망스러워도 아버지는 아버지니까.

집으로 돌아온 아버지는 전축부터 샀다. 앞으로 일본인들을 상대로 사업을 벌일 거라며 아버지는 일본 노래를 많이 들어야 한다고 했다. 우리는 일본에 대한 감정이 안 좋아 아버지가 일본 노래를 턴테이블에 올릴 때마다 입을 삐죽거렸다. 그래도 예술적 취향이 강한 아버지 덕분에 우리는 우리가 듣고 싶은 각종 음반(LP판)들을 차곡차곡 모을 수 있었다. 클래식을 비롯해 팝, 재즈, 가요, 가곡 등등. 이상하게도 아버지는 음반은 사달라는 대로 잘 사다주었다. 나는 아버지가 만들어준 책장에 그 음반들을 차곡차곡 모으는 재미에 푹 빠졌다. 그 당시 LP 레코드판은 지름이 약 30cm 정도 되는 커다란 도넛 모양의 검은 판으로 되어 있었다. 그 판을 턴테이블 위에 올려놓고 턴테이블의 바늘을 그 위에 올려놓으면 판이 돌아가면서 음악이 흘러나왔다. 자주 들은 음반은 지지직하는 잡음이 섞여 나오기도 했는데, 나는 왠지 그 소리가 빗소리 같아 싫지 않았다. 요즘 듣는 CD와는 비교할 수 없는 매력과 운치가 LP판에는 가득 들어 있었다. 그리고 그 재킷 커버들! 지금 보면 촌스러울 수도 있지만, 그 당시엔 멋진 앨범 재킷을 모으는 재미가 꽤 쏠쏠했다. 마치 예술작품을 모으듯 광적인 수집가들도 많았다. 어쩌다 그런 집에 놀러 가면 음악을 듣지 않아도 그 판들을 구경하는 것만으로도 황홀했다.

그렇게 매일매일 듣는 음악은 천천히 자라는 꽃나무처럼 아름답고 기분 좋게 내 안에서 서서히 피어나 피가 되고 살이 되었다. 지금도 그 LP판들을 생각하면 참 아깝고 그리워진다.

＊＊＊＊＊

그 당시 대부분의 아버지들처럼 우리 아버지도 목수를 해도 될 만큼 무엇이든 뚝딱뚝딱 잘 만들고 잘 고쳤다. 책장, 테이블, 찬장……, 나는 그중에서도 아버지가 지붕을 고칠 때가 제일 좋았다. 아버지를 따라 사다리를 타고 지붕으로 올라갈 때의 스릴과 지붕 위에서 바라보는 동네와 하늘, 구름을 감상하며 그곳에 앉아 베어 먹는 너무나도 싱그러운 사과의 맛! 그 맛은 후줄근한 추리닝 차림의 아날로그 세대가 아니면 결코 맛볼 수 없는 느긋하고 한가로운 평화의 진짜 맛과 같았다. 그리고 지상으로 내려와 온 가족이 함께하는 과일 파티!

유난히 아버지는 과일을 좋아해 우리 집에는 과일이 떨어질 날이 없었다. 사과나 배는 늘 박스째로 사 놓았다. 자다가 배가 고프면 밤중에도 일어나 사과나 배를 먹으면 되었다. 때로는 캄캄한 데서 사과를 먹다 사과벌레까지 먹은 때도 있었다. 그럴 때면 할머니는 사과벌레를 먹으면 예뻐진다는 속설이 있어 미인들은 벌레 먹은 사과만 골라먹는다며, 껄껄 웃었다. 할머니의 말 때문이 아니라 본래 나는 벌레 먹은 과일에 대해 무척 너그러운 편이다. 먹는 것 속에 들어 있는 벌레는 대체로 착한 벌레라고 생각하기 때문에 과일을 먹다 그 속에서 벌레가 나와도 놀라거나 무서워하지 않는다. 설사 모르고 삼켰다고 해도.

어쨌든 우리는 아버지 덕분에 원 없이 싱싱한 과일을 먹고 자랐다. 그렇게 한동안 우리 집에는 다시 음악이 흐르고, 웃음소리가 들리고, 따뜻한 봄바람이 불어왔다.

******

하지만 어머니는 늘 고달팠다. 은밀히 말하면 어머니뿐만 아니라 우리 모두가 다 고달팠다. 아버지는 사업이 잘될 때나 안될 때나 어머니에게 넉넉하게 생활비를 준 적이 없었다. 그 때문에 어머니는 늘 조마조마했다. 하여 조금이라도 가사에 보탬이 되고자 종이봉투 붙이기, 봉제인형 눈 붙이기, 스웨터 실밥 뽑기 등의 일거리를 가져와 일을 했다(그렇게 한 푼 두 푼 모은 돈도 결국엔 아버지 밑으로 다 들어갔지만). 그럴 때면 우리도 어머니 곁에서 그 일을 도왔다. 지금 생각해 보면, 이런저런 이야기를 나누며 어머니와 함께한 그 시간들이 나에겐 참 소중한 시간들이었던 것 같다. 어머니는 무심한 듯하면서도 매우 지혜로운 사람이었다. 아버지보다 훨씬 명쾌하고 주관이 뚜렷한 사람이었다. 그리고 부지런하고 성실한 사람이었다. 나이를 먹으면서 나는 그때 어머니와 함께한 그 시간들이 있어 내가 좀 더 빨리, 좀 더 깊게 나 자신에 대해, 인생에 대해 편견 없는 바른 윤곽을 잡을 수 있게 된 것 같아 늘 어머니에게 고마움을 느낀다.

어머니는 그런 일 이외에도 아버지가 못 입는 옷들을 모아 우리들 옷을 만들어 주었다. 바느질 솜씨가 뛰어난 어머니는 재봉틀 하나만 있으면 무엇이든 만들어냈다. 아버지의 새하얀 와이셔

츠가 내 원피스가 되고, 아버지의 바지가 내 동생들의 바지가 되고, 낡은 이불 호청이나 베갯잇들이 우리들의 가방이나 조끼, 머플러로 바뀔 때마다 나는 동화 속 세계를 보는 듯 즐겁고 신이 났다. 그러나 언니는 어머니가 만들어준 옷들을 잘 입지 않았다. 왠지 그 옷을 입고 있으면 어머니의 눈물 같고 가난의 흔적 같아 마음 한쪽이 저리고 아파와 싫다고 했다.

하지만 돌이켜보면, 어른들이 생각하는 것처럼 아이들에게 가난이 그렇게 나쁜 것만은 아니었다는 생각이 든다. 동네아이들과 함께 산으로 들로 돌아다니며 마음껏 뛰놀고 뒹굴며, 먹을 수 있는 것이면 무엇이든 다 따먹고 뜯어먹었던 그 시절, 만약 내게 그런 시절이 없었다면 나는 유년의 풍요로운 세계가 없는, 진짜 가난한 사람이 되었을 것이다. 그리고 그때 우리 집이 계속 부유했으면 아마 대자연 속에서 생동감 넘치는 또 다른 자연이 되어 그렇게 신나게 뛰놀지도 못했을 것이다. 또한 가난했기에 무엇이든 더 많이 아껴 쓰고, 소중하게 다루고, 잘 나눠 쓰고, 서로 서로를 도울 줄 아는 그런 맛을 계속 맛보며 살 수 있었을 것이다.

나는 오래전에 그때의 그런 마음을 담아 시로 표현한 적이 있다. 「보리밭」이라는 시다. 옛날부터 '보리밭'이나 '보릿고개'는 가난한 사람들의 상징어였다.

보리밭 밟은 지 오래되었다

바다가 보이는 언덕을 넘어

대지에 잠복해 있다 떠오르는 것 같던 보리밭

한참을 따라가던

그때가 언제였나

즐거움, 즐거움을 눈 속에 모으며

모든 의미가

철없는 사명감이었던 어린 시절

그때의 우리들 몸엔 창문들이 많았다

유리창떠들썩팔랑나비처럼

몸 구석구석에서 창문들이 소리 내며 열렸었다

그때가 언제였나

사방에 적을 두고

친구여, 지금 우리가 이야기하는 건

기껏해야 합리의 소용돌이,

몇 순간 후면 사라질 것들뿐이지만

필 필 필 필

보리피리 불며

팔랑팔랑 넘쳐나는 미래에

억척같은 가난도, 궁색한 땀내도

좀체로 질리지 않던

그때 그 시절

다시 한 번 돌아가 볼 수 있다면

이 한밤 내리는 눈으로든

비로든 이슬로든

흙투성이 보리밭

그때처럼 밟아보고 싶다

그때가 언제였나

아득한 보리밭

****

때로는 아버지의 사업이 잘되어 남부럽지 않게 풍족한 생활을
누릴 때도 있었지만…… 그런 날은 오래가지 않았다. 아버지의
능력이 아무리 뛰어나고 머리가 비상해도 아버지의 공을 잽싸게
낚아채는 사람들이 있는 한 아버지는 타고난 성품상 그들을 피해
갈 수 없었다. 그리고 그들을 피해 갈 만큼 아버지에겐 운도 따르
지 않았다.

나는 아버지를 보면서 행운이든 불운이든 삶의 기초는 항상
운(運) 위에서 이루어지고 끝난다는 걸 분명히 목격했다. 대부분
의 사람에게는 운이 삶이고 삶이 운이 될 수도 있다는 것도. 그리
고 그 운이란 것도 손에 잡히는 순간부터 새어 나간다는 것도. 하
여 나는 운도 자신이 만드는 것이라고 말하는 사람들을 믿지 않는
다. 물론 아주 소수의 그런 특별한 사람들도 있지만 대개는 운이
그 사람을 만들고, 죽이기도 한다는 데에 동의하고 싶다.

그런 면에서 아버지는 운이 없는 사람이었다. 우리는 온 힘을 다해 아버지가 다시 일어서기를 기도했지만, 우리 집은 점점 더 기울어져 집 한 채 없는 신세가 되고 말았다.

그런데도 아버지는 변하지 않았다. 여전히 댄디로, 자신만의 스타일을 고집하며 살았다. 오빠는 그런 아버지를 이해할 수 없어 점점 아버지에게서 멀어졌다. 내 눈에도 오빠가 아버지보다 더 어른스러워 보였다. 가장 정직하고 성실한 사람이 누구냐고 물으면, 나는 언제나 우리 오빠라고 대답했다. 그만큼 오빠는 아버지가 하지 못하는 우리 집의 큰 기둥 역할을 탄탄히 했다. 오빠는 책을 좋아해 나는 오빠가 사오는 책은 이해하든 못하든 모두 읽었다. 아마 오빠도 나처럼 무엇을 어떻게 해야 할지 모를 때마다 독서의 세계로 파고들어가 숨거나 비통한 마음을 스스로 달래고 다독였으리라. 부모들은 자신들의 무기력함이 알게 모르게 아이들에게 남긴 상처에 무심할 수 있지만 아이들에겐 평생이 걸려도 없어지지 않는 낙인이 될 수도 있다. 우리 형제인들 그렇지 않겠는가. 당신 혼자만 부자인 아버지 덕분에 하나에서 열까지 우리 스스로 해결해야 하고, 무슨 문제가 생겨도 우리 스스로 판단하고 선택해야만 했는데…….

우리가 보기에도 아버지에겐 미래가 없었다. 아무리 노력해도 아버지는 바뀌지 않았다. 아버지는 우리 집이 아닌 다른 왕국의 사람이었다. 게다가 빼어난 외모와 지성 때문에 주변에 여자들이 끊이질 않았다. 어딜 가도 여자들이 꼬였다. 우리는 아버지가 없는 듯 살았다. 아버지가 신고 있는 구두는 땅을 밟고 걷는 인간의 구두가 아니라 하늘을 훨훨 나는 새의 구두였다. 그리고 아무도 그 구두를 아버지로부터 벗겨 내거나 빼앗아 올 수 없었다.

아버지에게는 자신을 바라보고 자신에게 무언가를 기대하는 우리들 자체가 큰 부담이었다. 시인 박인환을 처음 읽었을 때, 우리 아버지를 보는 듯해 많이 놀랐었다. 그리고 많은 위안이 되었다. 그래, 나도 아버지를 예술가라고 생각하자. 때로는 타고난 재능이 자신의 운명을 앞서는 사람들도 있으니까. 현재는 현재일 수밖에 없기 때문에 현재인 것이다. 아무리 갈구하고 바란다고 해서 상황이 바뀌는 법은 없다. 너무도 단순한 이 진실을 받아들이자. 나는 내가 책임지면 된다. 누구도 내게 무언가를 해줄 수 없다면 내가 누군가에게 무언가를 해주자. 앞으로 내가 마주치게 될 모든 상황들을 나에게 주어진 도전이라 생각하고, 나 스스로 풀어나가야 하는 숙제라고 생각하자. 그렇게 다짐하니 이상하게도 아버지에 대한, 부모님에 대한 원망이나 기대감이 눈 녹듯 사라졌다.

****

그럼에도 어머니의 모습은 나를 우울하게 만들었다. 밝고 고왔던 어머니의 모습에 어둡고 습한 그늘이 지는 걸 지켜보는 것은 큰 고통이었다. 아무 이유도 잘못도 없이 어머니의 격한 짜증과 히스테리를 받아내는 것도 참으로 힘이 들었다. 고인 물웅덩이 같은 자기연민에 빠져 자꾸만 뾰족해져 눈물짓는 어머니가 두려웠다. 나는 되도록 어머니와 멀찍이 떨어져 지냈다. 언젠가는 그 날카로운 칼날에 찔려 피투성이가 될 것 같았다. 학교가 내겐 적절한 피난처였다. 하지만 존경과 관심이 아닌 깊은 서러움에서 오는 외로움은 나를 자꾸만 작고 초라하게 만들었다. 날마다 나는 '탈출'을 꿈꾸었다. 그 추상적인 '탈출'이라는 단어를 내 희망으로 삼고 나를 견뎠다.

그러다 '영남여성백일장' 공고를 보았다. 세탁기가 귀한 시절이라 장원을 하면 세탁기를 준다고 적혀 있었다. 나는 어머니를 위해 세탁기를 타야겠다는 생각이 들었다. 시와 산문 중 선택을 해야 하는데……. 나는 여태껏 참가한 백일장에서 시로써 장원을 한 적이 한 번도 없었다. 산문으로 장원한 적은 많았지만. 그래도 할 수 없다. 산문보다 시가 더 좋으니까, 나는 시로 그 백일장에

참가했다. 그리고 장원을 하여 어머니에게 세탁기를 안겨주었다. 그때 처음으로 시가 참 고마웠다. 시로 장원을 한 건 그때가 처음이기도 하고, 직장생활 하느라 글쓰기에 소홀했던 내게 이제부터라도 계속 글을 써볼까? 하는 불씨를 던져주었다. 그리고 그날 태어나 처음으로 아버지에게 용돈을 듬뿍 받았다. 원고지를 사서 계속 글을 써보라는 격려와 함께.

그럼에도 아버지는 어쩔 수 없는 댄디. 어느 날, 또 한 번 우리 집에 차압 딱지가 붙고, 우리는 행방이 묘연한 아버지 때문에 애간장을 끓이고 있는데, 아무 일도 없었던 듯 멋진 오토바이를 타고 일주일 만에 우리 앞에 나타난 아버지! 아버지는 그런 사람이었다. 어떤 속박에도 매이지 않고, 어떤 절박함 앞에서도 자신만의 스타일을 기어코 고수하는 사람이었다. 그 오토바이 값이면 전세로 더 큰 집을 얻을 수 있을 텐데. 아무리 시간이 지나도 아버지는 여전히 가장이 아니라 우리 집에 놀러온 귀한 손님 같았다. 가족들은 있는 대로 허리띠를 졸라매고 동분서주하는데 아버지는 우아하게 호텔 바에서 양주를 마셨다. 그리고 친구들과 마작을 했다.

그래도 오빠와 내가 돈을 벌기 시작하면서부터는 어머니도 점점 밝아졌다. 마당 한 모퉁이에 채소와 꽃을 심고, 자주 콧노래도 흥얼거렸다. 워낙 검소하고 정갈한 사람이라 어머니가 손대는 곳은 어디든 반짝반짝했다.

우리는 아버지가 없는 듯 살았다. 그렇다고 아버지를 미워하거나 원망하지는 않았다. 아버지는 누구보다도 선하고 깔끔한 사람이며 지적이고 우아한 사람이었다. 한 가정의 가장만 아니라면 누구라도 반할 만큼 멋지고 매력적인 사람이었다.

눈부시게 찬란한 햇빛을 향해 날아오르는 한 마리 새처럼 아버지는 그렇게 자유로운 댄디로 사시다, 내가 스물일곱 살 되던 해 돌아가셨다. 오십 대 중반의 나이. 아버지는 돌아가시기 전 우리 모두에게 미안하다고 했다. 하지만 우리는, 나는 안다. 아버지의 인생은 아버지로서도 어쩔 수 없는 일이었다는 것을. 아버지로선 그게 최선이었을 거라는 걸.

나는 지금도 대문 앞이나 창틀에 새의 깃털이 떨어져 있으면 혹, 아버지가 다녀가셨나! 주변을 두리번거리게 된다.

김상미 부산 출생. 1990년 『작가세계』 여름호로 등단하였으며, 시집으로 『모자는 인간을 만든다』, 『검은, 소나기떼』, 『잡히지 않는 나비』가 있다. 박인환 문학상, 시와표현 작품상을 수상하였다.

• 김승일

아버지

나는 광인을 꽤나 좋아한다. 이상한 꿈을
꾸고 계획을 세우는 사람이 좋다. 그러다가
망해도 그런 사람이 좋다. 아버지는 그런
사람이었던 것 같다. 요즘엔 잘 모르겠다.
뭐하고 다니시는지 얘기를 잘 안 해주신다.

아버지의 성함은 김상원이다. 나는 내가 아는 누군가를 그의 행보로 기억하거나 얘기하는 것을 별로 좋아하지 않는다. 내가 모르는 누군가들만 그들의 행보로 기억하고 싶다. 그러나 아버지를 사람들에게 소개할 때는 그가 무슨 일을 했었는지 설명하게 된다. 아마 나중에 그 얘기도 할 것이다. 하지만 처음엔 그렇게 시작하지 않겠다. 아버지가 집에 온다. 언제나 이렇게 말한다. 아빠는 영혼이 있는 사람이야. 나도 영혼이 있는 사람이야. 영혼이 있어. 나한테도 영혼이 있었어. 아빠는 영혼이 있어. 우리 가족은 아빠가 술에 취해서 영혼이라는 단어를 꺼내면

웃거나, 짜증을 내거나, 무시한다. 18번은 원래 그런 취급을 당하기 마련이다. 나는 대학 때 극작을 전공했고, 아직도 가끔 희곡을 쓴다. 그리고 내 희곡에는 항상 다음과 같은 대사가 등장한다. "나도 영혼이 있는 사람입니다!", "나는 영혼이 있는 사람이야!" 앞으로도 내 희곡의 누군가는 꼬박꼬박 저 대사를 뱉을 것이다. 나는 저 대사가 지긋지긋하고, 웃기고, 어쩐지 존경스럽다. 내가 처음에 쓴 희곡은 20살짜리 대학생이 16살짜리 일진 중학생들과 싸우는 얘기다. 17살 중딩들이 20살 대학생에게 협박을 하니까 대학생이 나영혼 대사를 친다. 그 다음 쓴 희곡은 포르메라고 가톨릭 신부랑 살인마가 고해성사를 보다가 서로 갈등하게 되는 얘기다. 거기서는 신부가 나영혼 대사를 친다. 그 다음 희곡은 기념일이라고 해서 기념일마다 기념일의 주인공인 승일이가 없어져서 사람들이 승일이 얘기를 하는 희곡이다. 마지막은 승일이 장례식이다. 승일이 아버지가 승일이 학교 선생님한테 나영혼 대사를 한다. 그 다음에 쓴 희곡은 커피플레이라고 해서 남자랑 여자랑 서로 자기가 커피 값을 내겠다고 싸우는 희곡이다. 거기서는 남자가 나영혼 대사를 친다. 그 다음 희곡은 마녀의 딸이다. 마녀의 남편이자 한 여성의 아버지인 토마스가 나영혼 대사를 친다. 그 다음 희곡은 컴온베베다. 거기서는 조연출 마크가 술에 취해 정글의 맨바닥에 누워 잠들어서는 나영혼 대사를 친다. 나영혼 대사를 넣을 때마다 나는 앞으로도 아버지 생각을 할 것이다. 아버지는 영혼이라는 단어가 가진 좋은 뉘앙스들을 자신의 영혼이 가지고 있다고 생각하시는 것 같다. 딱히 내 아버지라서 그런 생각을 하는 것은 아니지만 내가 보기에도 아버지의 영혼은 남들과는 좀 다른 것 같다. 혹은 아버지가 자신의 영혼을 남들과는 다른 것으로 만들기 위해 철저히 노력하면서 살아가는 것 같기도 하다. 돌아가신 할머니가 불교에 뼈가 깊은 분이셔서 아버지도 할머니 따라 절에 자주 갔던 것 같다. 어느 날 스님 한 분이 아버지더러 여기 중이 한 사람 들어왔네! 하셨단다. 할머니가 소리를 지르면서 절대 안 된다고, 그런 말 하지 말라고 스님한테 역정을 냈다고 한다. 그래서 그런 건지는 모르겠는데 아버지는 고기를 별로 좋아하지 않는다. 닭은 절대 못 드신다. 나는 살다 살다가 닭을 못 먹는 사람은 본 적이 없다. 닭볶음탕만 못 먹거나 삼계탕만 못 먹는 건 이해하는데 닭으로 된 걸 뭐든 다 못 먹는 사람. 닭 육수가 싫어서 짬뽕도 잘 시켜먹지 않는 사람은 본 적이 없다. 옛날에 닭을 먹고 체했다고 했던가? 아니면 새를 먹는 게 싫다고 했던가. 어쨌든 새로 만든 음식은 다 싫어한다. 아마 새도 싫어할 것이다. 아버지는 느끼한 것을 싫어하고, 천박한 것을 싫어한다. 남들이 하는 잘난 척을 싫어하고, 허튼소리를 싫어한다. 아버지는 동물도 별로 좋아하지 않는다. 아버지는 개를 싫어하고, 보신탕도 싫어한다. 부처가 절대 개를 죽이지 말라고 했단다. 그래서 보신탕을 먹으면 저주가 내릴 거라고 믿는다. 아버지는 한 집안에 종교가 두 개 있으면 안 된다고 생각한다. 아버지는 한국의 보수정당을 싫어하고, 정의롭지 않은 인간을 싫어한다. 아버지는 열심히 하지 않는 사람을 싫어한다. 아버지는 음식을 과식하는 것을 싫어한다. 아버지는 여색에 관심이 별로 없어 보이며 자신의 말을 믿지 않는 사람들을 싫어한다. 욕심을 싫어한다. 아버지는 세상 물정을 모르는 사람을 싫어한다. 아버지의 세상 물정이 남들의 세상 물정과 같은 것인지는 잘 모르겠다. 아버지는 영어를 잘하지 못하는 자기 자신을 싫어한다. 아버지는 멸치를 구워서 먹거나 김을 구워서 먹는 것을 좋아하고, 밥을 쌈에 싸먹는 것을 좋아한다. 아버지는 자신이 정말로 스님이 될 팔자였을 수도 있다고, 너희들하고 엄마가 없었으면 아마 스님이 됐을 거라고 얘기하는 것을 좋아한다. 아버지는 KBS에서 다큐멘터리 PD를 하다가 쇼프로그램 PD를 했다. 유명한 프로그램들도 많이 연출하고, 뮤직비디오를 한국에서 거의 처음 시도한 사람이다. 아버지는 촬영 조명에 대한 이해에 관해서는 자신을 따라올 사람이 없다고 자신한다. 아버지는 외국 드라마나 영화를 좋아하고, 액션 영화도 꽤나 좋아한다. 미국 할아버지들이 좋아하는 프로그램을 좋아한다. 그리고 항상 화면을 어떻게 구성했는지, 조명을 어디서 비추고 있는지 분석하면서 영상물을 보는 것을 좋아한다. 아버지는 내가 아버지 옆에 앉았을 때 영상을 분석해 주는 것을 좋아하셨던 것 같다. 요즘엔 함께 텔레비전을 시청한 적이 거의 없다. 아버지는 굉장히 마르셨다. 엄마는 그걸 너무 싫어해서 매 순간 아버지한테 잔소리를 한다. 밥 좀 먹고 다니라고, 담배 좀 그만 피우라고 잔소리를 한다. 아버지는 밥을 한 끼도 먹지 않았다거나, 한 끼만 먹었다고 자진해서 고백한다. 그만큼 바빴다는 얘기를 하고 싶은 것일까. 그런데 잘 보면 그런 것도 아니다. 어쨌든 너무 많이 말랐다. 유치원 때였던 것 같다. 아버지를 소개하는 시간이었다. 저희 아빠는 너무 말라서 40Kg이 조금 넘어요. 그렇게 말했던 것 같다. 실제로 요즘 아버지 체중이 얼마나 되는지는 잘 모르겠다. 아마 45Kg 정도 되는 것 같다. 그보다 더 마르셨나? 어쨌든 유치원 선생님이 엄마한테 남편 분이 그렇게 말라서서 걱정이 많이 되시겠다고 괜히 걱정을 해주는 바람에 내가 엄마한테 혼났던 것 같다. 왜 너는 쪽팔린 얘기를 밖에서 하고 다니냐고, 엄청 많이 혼났다. 아이고, 내가 이젠 아예 전국에 광고를 내고 있네. 아버지는 너무 말라서 군대도 갈 수 없었다. 가끔 내 친구들 중에서도 너무 말라서 군대에 안 간 친구들이 있는데 나는 하도 엄마가 아버지한테 잔소리하는 걸 많이 듣고 자라서 그런가…… 그게 별로 부럽게 느껴지진 않았다. 솔직히 옛날에는 아버지가 말랐다는 게 약간 멋있게 느껴지기도 했던 것 같다. 이제는 가끔 아버지 맨다리를 보면 사람이 그래도 살이 좀 쪄야 되는 것 같다는 생각이 든다. 힘들겠다는 생각이 든다. 가끔은 왠지 서글퍼지고, 가끔은 충격을 받는다. 깡마른이란 단어는 어쩐지 멋진 단어다. 깡이라는 단어가 앞에 붙어서 그런 것 같다. 그러나 나에게는 깡마른이란 단어가 아버지를 생각나게 하고, 그러면 깡마른은 엄마한테 잔소리를 들을 것 같은 단어가 된다. 아버지는 자식들을 거의 때리지 않았다. 살면서 아버지한테 맞았던 기억은 딱 세 번이다. 짱구 때문에 맞았고, 옷장 앞에서 발바닥을 맞았고, 시장 앞에서 하늘학원이라는 수학 학원 선생님을 욕하다가 맞았다. 매를 때리는 것은 엄마의 일이었다. 내가 어렸을 때, 아버지는 잔소리도 거의 하지 않았다. 내가 초등학교 3학년 때였나? 짱구 만화책이 나왔다. 애들이 죄다 그걸 봐서 나도 그걸 사달라고 졸랐다. 엄마가 사줘서 읽고 있는데 아버지가 그걸 잠깐 들어서 읽어보시더니 이런 쓰레기 책은 읽으면 안 된다며 화장실 벽에 달린 선반 위에 올려놨다. 나는 키가 작아서 그걸 꺼낼 수가 없었다. 너무 보고 싶어서 화장실에 들어가서 뛰고 또 뛰었다. 어떻게 잘 만화책을 바닥으로 떨어뜨렸다. 변기에 앉아서 보고 있는데 아버지가 어떻게 알고 들어와서는 만화책을 찢고 매를 때렸다. 짱구 단행본은 애니메이션 짱구와는 달리 성인용 만화였기 때문에 짱구 엄마랑 아빠가 섹스를 하는 장면이 몇 군데 있었다. 아마 아버지가 그 때문에 화를 냈던 것 같다. 다른 집 부모들은 다 보게 하는데 왜 나만 못 보게 하느냐고 엄청 울었던 것 같다. 옷장 앞에서 매를 맞은 건 왜 맞았는지 기억이 나지 않는다. 하늘학원은…… 거기 선생이 내가 너무 산만하고 정신병이 있는 것 같다고 엄마한테 그래서 엄마가 미친 듯이 화를 내고 있었다. 그런데 내가 보기에 수학 가르치는 그 여자가 이상한 것 같았다. 그때가 중2였던 것 같다. 엄마가 굴다리 시장 앞에서 나를 혼냈고, 나는 그 수학 가르치는 여자가 미친년이라고 소리를 쳤다. 아버지가 한번만 더 욕을 하면 두고 보자고 했다. 나는 너무 억울하고 속상해서 그년은 미친년이라고 했고 아버지가 나를 발로 찼다. 그리고 아버지랑 나는 자동차 안에서 엄청나게 많은 얘기를 나눴다. 나는 제대로 반성하지 않았다. 그래서 아버지가 다시는 나랑 대화를 나누지 않겠다고, 실망이라고 했다. 한 삼일 후에 우리는 그 대화를 잊고 식탁에서 밥을 먹었다. 아버지는 애들을 때리지 않고, 잔소리도 하지 않고, 자존감 있고 독립심 있는 애들로 키우려고 했던 것 같다. 그러나 엄마가 전혀 그렇게 키울 생각이 없었으므로 아버지의 계획은 무산됐다. 그렇다고 엄마가 우리를 망쳤느냐 하면 그런 것도 아니다. 아버지 혼자 우리를 키웠으면 매일 라면만 해주고, 일한다고 집에도 잘 안 들어왔을 것 같다. 훈육에 대해서 얘기하면 아버지가 들려준 할머니 할아버지 싸움 얘기가 생각난다. 할아버지랑 할머니가 자식들 앞에서 싸울 때, 내용을 들려주기 싫어서 일본어로 다투신 얘기였다. 무척 훈훈한 미담처럼 생각됐다. 아버지는 연세를 좀 잡수시고 나서 텔레비전을 보면서 우는 일이 잦아졌다. 휴먼 다큐 같은 걸 보면서 우셨다. 하지만 텔레비전에서 나오는 불쌍한 사람들의 슬픈 이야기를 제외하고는 아버지를 울릴 수 있는 게 별로 없었다. 아버지는 할머니가 돌아가셨을 때 울었다. 갑자기 담벼락 사이로 들어가시더니 숨어서 잠깐 우시는 거였다. 우시는 걸 나만 봤다. 나중에 친척들이 아버지가 할머니 돌아가셨을 때도 거의 안 울었다고 하는 걸 들었는데 얼마나 화가 나던지. 그리고 또 언제 울었더라? 맞다. 할아버지 얘기를 하면서 우셨다. 할아버지가 돌아가시기 전에 김영삼 대신 김대중을 뽑아야 한다고 했는데, 아버지는 할아버지가 잘 모르는 거라고 화를 내셨다고 한다. 아버지는 김영삼이 대통령이 돼야 한다고 생각하셨던 거다. 할아버지가 돌아가시고 나서, 아주 나중에, 아버지는 할아버지 말이 다 맞았다고 하면서 김영삼 욕을 하며 우셨다. 그날 아버지는 내게 엄청나게 많은 얘기를 해줬다. 할아버지는 교육을 애증이라고 하셨다. 아버지는 할아버지가 미웠다. 가난한 당신 제자들에게 학비를 대주시고 학당도 차리셨는데 정작 한 푼도 집으로 가져오지 않으셨다. 어리석은 선택이라고 생각했다. 아무래도 김대중 선생을 믿어야 한다고 하셨다. 마지막으로 우리 집을 방문하셨을 때 할아버지가 자꾸 아구찜을 당신이 계산하신다고 했다. 박박 우겨서 내가 계산했다. 할아버지는 의료 과실로 돌아가신 거다. 주사 쇼크였다. 할아버지는 정말 훌륭한 분이셨다. 내가 그걸 알면서도 몰랐다. 후회한다. 정말 너무 많이 후회한다. 할아버지는 영혼이 남다른 분이셨다. 승일아, 아빠한테는 영혼이 있다. 낭만이 있다. 엄마가 옛날에 병 걸려서 무척 아팠다. 훌륭한 여자다. 물론 너무 화를 많이 내고 성격에 문제가 있지만 정말 착하고 좋은 사람이다. 엄마한테 잘해라. 김영갑이라는 사진작가 아저씨가 고인이 된 날이었다. 김영갑 씨가 네 엄마를 좋아했던 것 같다. 사진을 정말 잘 찍는 사람이었다. 한 번 찾아봐라. 내가 스물한 살이었던 것 같다. 그 이후로 아버지랑 오래 대화한 적이 단 한 번도 없다. 아버지는 엄마를 PD 시절에 만났다. 엄마가 세상에서 가장 청순한 이미지의 가수였기 때문에 아버지 마음에 쏙 들었던 것 같다. 그래서 자꾸 술 마시고 엄마 집 앞에 찾아가고 그랬던 것 같다. 쑥맥인가? 좋아하는 사람한테 계속 취한 모습만 보여줬다니 참 철도 없다. 어쨌든 엄마가 외할머니한테 철없다고 혼나서 울고 있는데 아버지가 우연히 위로를 해준 것 같다. 그네를 타고 있었댔나? 뽀뽀를 했댔나? 어쨌든 그러다가 결혼을 하게 됐다고 엄마한테 들었다. 아버지는 엄마랑 결혼하기로 약속한 다음 사람들한테 그 사실을 숨겼던 것 같다. 그러다 아버지가 친구랑 술을 마셨댄다. 텔레비전을 보고 있다가 친구가 텔레비전에 나온 엄마를 보고 저 여자 같은 사람하고 결혼하는 사람 복 받은 거라고 했는데 아버지가 "저 사람이다"라고 고백했다는 일화가 있었댄다. 엄마는 아버지가 풍채도 좋지 않고 술도 너무 자주 마셨지만 뭔가 다른 남자들과 다르게 총명하고, 깨끗하고 귀여웠다고 했다. 둘 다 서로를 청순하고 깨끗하고 귀여운 사람이라고 여겼던 것 같다. 이런 부모가 낳은 자식이라서 그런가…… 내 취향도 비슷하다. 내 취향에 대한 얘기는 엄마 얘기에서 다루겠다. 아버지는 술도 좋아하고, 술 마시면 집에 안 올라오거나 못 올라오고 차에서 자는 것을 좋아했던 것 같다. 아파트 주차장에서 자고 있으면 나랑 동생이

학교 가면서 아버지를 깨웠다. 최근에도 가끔 사무실에서 주무신다. 어쨌든 엄마가 아버지를 달달 볶았던 게 다 이유가 있다는 얘기다. 내가 갓 태어났을 때 사람들이 놀랐다고 한다. 얼굴이 너무 하얗고, 울지도 않고 방실방실 웃었기 때문이었다. 아버지가 처음 본 애기가 나여서 그랬는지, 동생이 태어났을 때는 다른 신생아들처럼 얼굴이 빨갛고 얼룩도 좀 있어서 아버지가 실망했다고 한다. 지금은 내 동생(여동생이다)을 나보다 더 좋아하는 것 같다. 뭐, 아버지는 딸을 좋아하기 마련이지. 아버지는 안경을 썼다. 어렸을 때 책 읽는 걸 좋아해서 눈이 안 좋아졌다는 얘기가 전해져 내려오고 있다. 문학에도 재능이 있어서 상도 여러 번 수상했다고 한다. 그래서 그런지 아버지는 내게 당신이 쓴 시를 몇 번 보여주기도 했다. 네가 쓴 시에는 영혼이 부족하다는 얘기도 가끔 하셨다. 솔직히 아버지 시가 그렇게 썩 멋진 시는 아니었지만 그래도 아버지가 추구하는 영혼이 뭔지는 읽을 수 있었다. 중3 때, 안양예술고등학교에 문예창작과를 지원했다. 어머니가 절대로 안 된다고 반대해서 굉장히 오래 싸웠다. 아버지도 반대했다. 지원서를 내러 가는 날, 엄마는 절대 허락하지 않겠다면서 아침부터 어딘가로 가버렸다. 아버지가 중학교 뒷문으로 데리러 왔다. 지원서를 냈다. 나는 안양예고에 간 것을 후회한다는 얘기를 자주 하고 다닌다. 사실 예고를 간 것을 후회하는 건 아니다. 훨씬 더 편하게 학교생활을 했고, 밖에 나가서 놀기도 많이 놀고, 보고 싶은 것도 많이 봤기 때문이다. 문예창작과라는 이상한 과에 입학해서 대학도 문예창작과로 진학했다. 글공부라는 이름의 허술한 커리큘럼 밑에서 시간을 보내면서 돈 낭비 시간 낭비가 심했던 것처럼 느낀다. 그러나 한편으로는 내가 그날 지원서를 내지 않았다면 나는 어쩌면 시인이 되는 것을 포기했을지도 모른다. 나는 항상 의지가 박약했기 때문이다. 시인을 포기하고 음악을 하겠다고 했다가 음악을 포기하고 회사원이 되겠다고 했다가 공무원 시험 치고 떨어졌을 것 같다. 아버지는 엄마보다 항상 합리적이었다. 아버지도 늙었다. 인내심도 많이 없어져서 엄마한테 소리를 지르기도 한다. 아버지가 화를 내면 아버지가 곧 죽을 것 같아서 무섭다. 눈도 악마 같다. 원래 좀 악마같이 생기신 것 같다. 나도 아버지를 닮아서 안경을 쓰면 착해 보이는데 안경을 벗으면 좀 야쿠자 같다. 어쨌든 아버지는 합리적으로, 자식이 그렇게 하고 싶다는데 그걸 막으면 안 된다고 생각하셨던 것 같다. 본인도 애가 시인같이 이상한 걸 하는 게 분명 꼴 보기 싫으셨을 텐데. 그날 아버지 차를 타고 지원서를 제출하러 갔을 때를 종종 회상한다. 날씨가 좋았기 때문이다. 아버지랑 있으면 마음이 편했다. 아버지는 엄마보다 쓰레기를 잘 버리고, 설거지도 자주 했다. 깨끗이 하는 것은 아니었지만 자주 하셨다. 냉장고 청소도 잘 하셨다. 그리고 집에서는 청소랑 텔레비전 보는 것 말고 아무것도 하지 않았다. 그래서 엄마 없이 아버지랑 있으면 아무것도 하지 않아도 될 것처럼 느껴졌다. 엄마가 없었으면 내 인생은 분명 엄청나게 처참했을 것 같다. 나는 엄마를 닮지 않으려고 욕심 없는 사람인 척 살았고, 아버지를 닮지 않으려고 계획 없이 행동하거나 감정이 시키는 대로 뭐든 했다. 어쨌든 결국엔 부모를 다 닮게 됐다. 내가 시인이 됐을 때 나는 꽤나 기분이 좋았다. 그래서 술에 취해서 맨발로 아파트 계단을 오르락내리락 뛰어다녔다. 아버지가 나를 쫓아왔다. 아버지가 KBS PD였을 땐 집에 고가의 해산물들이 자주 선물로 왔던 것 같다. 누가 일본에서 빨간 연어도 보내줬다. 대하도 보내줬다. 낙지도 보내줬던 것 같다. 아버지는 해산물을 좋아했다. 엄마가 회를 못 먹어서 회 먹으러 다녔던 기억은 없다. 어쨌든 어렸을 땐 그게 맛있는 건지도 모르고 맛있는 것을 먹었다. 그때로 돌아가면 좋을 것 같다. 어쨌든 아버지는 외주 방송업체를 차리려고 KBS를 그만두셨다. 아버지가 KBS를 그만두던 날이 생각난다. 엄마랑 동생이랑 여의도에 갔다. 택시를 타고 갔던가? 어쨌든 방송국 앞의 빵집 같은 데서 퇴사 기념으로 케이크를 잘랐던 것 같다. 내가 너무 어려서 그랬나? 방송국 견학을 해본 적이 없었다. 이태원에서 아버지가 펑크 밴드 복장을 한 이상한 남자 2명하고 코미디 뮤직비디오를 찍었던 게 생각난다. 어쨌든 아버지는 사업을 시작했다. 촬영 때문에 밴도 하나 구입했고 촬영 장비들도 많이많이 사셨던 것 같다. 아버지 사무실에는 컴퓨터도 있었고 프린터기도 있었다. 나는 레이저프린터기가 신기했다. 그리고 우리 집은 외식도 많이 했다. 서초갈비에 자주 갔고 집 앞에 정육점도 자주 갔다. 패밀리 레스토랑도 갔고, 랍스터도 자주 먹었다. 꽤나 부자였던 것 같다. 아버지가 우리 집에서 재연 드라마를 촬영했던 때가 기억난다. 아역 배우가 내 방 책상에 앉아서 일기를 쓰다가 눈물을 뚝뚝 흘렸다. 얘가 곧 엄마 아빠 때문에 스트레스를 받아서 아파트 창문으로 떨어질 거라고 했다. 아파트 창문으로 떨어지는 모습은 촬영하지 않았다. 그러다가 아버지가 패밀리 레스토랑 겸 패스트푸드 겸 라이브클럽을 합쳐서 가게를 낸다고 했다. 토니로마스 립을 판다고 했다. 장소는 마포였다. 지금 그런 가게를 마포에 차리면 성공할 수 있을 텐데. 그때는 벌어놓은 돈만 계속 까먹었던 것 같다. 가게 사무실에서 기름 난로를 켜놓고 파이널판타지라는 게임을 했다. 엄마랑 아버지는 가게 때문에 집에 늦게 들어왔다. 아버지는 화이트데이나 크리스마스 때마다 오늘은 장사가 잘 될 것이라고 했다. 장사가 잘 되지 않았다. 흙으로 만든 화로로 훈제 음식을 만들고, 김밥처럼 작은 크기의 햄버거를 만든댔나…… 어쨌든 아버지 얘기를 듣고 있으면 뭐든 성공할 것 같았다. 그러나 실제로는 그렇게 잘 되지 않았다. 가게를 접고 나서, 아버지가 옥수수로 종이를 만드는 사업을 시작했다. 되게 신기했다. 대박인 것 같았다. 옥수수로 종이를 만드는 사람이 내 아버지라니 굉장히 자랑스러웠던 것 같다. 중국에 공장을 차린다며 중국에 자주 다니셨다. 중국 음식이 너무 느끼해서 김하고 고추장을 꼬박꼬박 가져가셨다. 거기 나를 데려갔으면 정말 맛있게 먹었을 것이다. 어쨌든, 복잡한 사정으로 옥수수 종이 사업도 그만두시게 됐다. 그리곤 PMP 회사에 들어가셨는데 계속 PMP랑 핸드폰을 빨리 합쳐야 한다고 그러셨다. 큰 기업을 돌아다니면서 계속 사업 설명을 하셨는데 사람들이 그건 무리라고 했댄다. 정확히 3년 후에 아이폰이 나왔다. 아버지는 그때부터 멍청한 놈들, 멍청한 사람들이라는 표현을 더 자주 쓰셨다. 아버지는 항상 지금 하려는 사업을 나한테 설명해줬다. 뭐든 잘 될 것 같았다. 그러나 항상 아무도 아버지가 하자는 대로 하지 않으려고 했다. 엄마는 KBS를 나온 게 잘못이라는 소리를 하기 시작했다. 한편으로는 항상 앞서서 생각하는 사람이라고 치켜세우기도 했다. 실제로 아버지는 항상 앞서서 생각하는 사람이었다. 절묘한 생각들을 참 많이도 하셨다. 이제는 페스티벌을 기획하는 일을 하신다. 이제 연세도 많은데. 끝까지 뭐든 해보려고 하는 것 같다. 요즘엔 영혼 얘기를 많이 안 하신다. 왤까. 왜 많이 안 하는 걸까. 영혼이 많이 희미해진 것일까. 아버지는 뭔가를 설명할 때 의기양양한 사람이 된다. 평소에는 과묵하다. 관심사, 사업에 관한 설명을 할 때만 열성적이다. 많은 사람들이 아버지의 그런 모습을 좋아한다. 엄마는 사람들이 아버지의 그런 모습을 좋아해서 아버지한테 붙었다가 질려서 다 떠나간다고, 제발 좀 체통 좀 지키면서 살라고 잔소리를 한다. 나도 아버지가 그랬으면 좋겠다. 그런데 내가 워낙 아버지랑 똑같은 사람이다. 열의가 넘치고, 자기 얘기만 많이 하고, 그러다가 사람들이 죄다 질려서 피곤해하고…… 아버지는 인터넷 블로그에다가 내 이름이 거론된 기사, 글, 문예지 표지를 죄다 스크랩해 놓으신다. 내 아이디가 manfather인데 아버지 아이디는 manfather1이다. 그래서 어떤 사람들이 아버지 블로그랑 내 블로그를 착각하는 것 같다. 나는 다른 사람들한테 아버지 얘기를 하는 것을 좋아한다. 아버지가 했던 일들에 대해서 설명하는 것도 좋아한다. 몇 번 빼고는 화끈하게 성공해 본 적이 없어서 더 그런가? 아버지가 했던 일들을 설명하다 보면 웃음이 나오기도 하고,

슬프기도 하고, 안타깝기도 하다. 당연하게도 약간 자랑스럽다. 나는 광인을 꽤나 좋아한다. 이상한 꿈을 꾸고 계획을 세우는 사람이 좋다. 그러다가 망해도 그런 사람이 좋다. 아버지는 그런 사람이었던 것 같다. 요즘엔 잘 모르겠다. 뭐하고 다니시는지 얘기를 잘 안 해주신다. 고2 때인가 세뱃돈을 받아서 여자 가발을 샀다. 아버지 얼굴을 닮았던 내가 점점 엄마 얼굴을 닮아갔다. 가발을 쓰면 여자처럼 보였다. 그게 재밌어서 자꾸 가발을 쓰고 다녔다. 가발에서 냄새가 나서 샴푸로 가발을 빨았다. 수건걸이에 가발을 걸어두었다. 아버지가 화장실에 들어가다가 소리를 지르면서 넘어졌다. 아버지가 식은땀을 흘렸다. 귀신을 본 줄 알았다고 그랬다. 나는 사람들한테 아버지 얘기하는 것이 좋다. 웃프다.

김승일 한국예술종합학교 연극원 극작과 졸업. 현재 중앙대학교 대학원 문화연구학과에 재학 중. 2009년 《현대문학》으로 등단했으며, 시집으로 『에듀케이션』이 있다.

착하고
힘센 아버지

아버지는 근동에서 알아줄 정도로 힘이 세셨다. 곡
식 가마니도 거뜬히 드셨고 나뭇짐도 엄청났다. 또
한 아버지는 이야기하는 것을 좋아하셨다. 그리하여
아버지는 사람들과 잘 어울리셨다. 술을 많이 하지
않으셨지만 무슨 이야기이든지 재미있게 하셨다.

착하고
힘센
아버지

1

        퇴근해서 집으로 돌아오는데, 갑자기 눈물이 난다. 아버지가 생각났기 때문이다. 왜 아버지가 떠올랐는지는 알 수 없지만, 굳이 찾는다면 사람들 때문이었을 것이다. 전철에서 내려 집으로 오려면 항상 붐비는 먹자골목을 지나야 하는데, 오늘도 여전히 사람들이 넘친다. 모두들 무엇이 그리 즐거운지 늦은 저녁인데도 웃고 큰 소리로 얘기를 주고받으며 음식을 들거나 술을 마신다. 노래방에서 부르는 노랫소리도 거리를 채운다.

평소에는 그들의 모습에 관심을 가지지 않아 눈여겨보지 않았는데, 오늘은 달리 보인다. 무엇보다 부럽다. 친구 같기도 하고 가족 같기도 한 이들이 모여 즐겁게 음식을 들면서 이야기를 나누는 모습이 여간 행복해 보이지 않는다. 그리하여 아버지가 생각난 것이다. 아니 아버지를 생각하는 순간, 그들의 모습이 눈에 들어온 것인지 모른다. 나에게는 아버지와 함께할 시간이 없다고 생각하니 더욱 서글퍼진다.

그렇지만 나는 울지 않기로 한다. 실컷 울고 싶지만 그렇게 해서는 안 된다고 생각하는 것이다. 얼마 전 한 선배를 만났는데, 나보고 조심하라고 전했다. 그 선배는 홀어머니의 아래에서 자라나 결혼한 뒤에도 함께 살아왔는데, 어느 날 아침 출근하다가 어머니가 돌아가셨다는 말을 들었다고 했다. 그래서 아쉽고 억울해 눈물을 자주 흘렸는데, 어느 날 이왕 우는 김에 실컷 울자고 생각하고 몸을 맡겼다고 했다. 그런데 그와 같은 행동이 심해져 우울증을 가져와 병원 신세까지 졌다고 했다. 그러므로 나보고 절대로 울지 말라고 신신당부를 하는 것이었다. 나는 선배의 충고도 생각났지만, 내가 울 형편이 아니라는 것을 잘 알고 있었다. 나를 둘러싸고 있는 식구들을 물론 친척들과 친구들, 나는 그들의 기대를 실망시킬 수 없는 것이다. 내가 잘되기를 그저 바라고 있는 그들.

내가 무슨 작은 선물이라도 하면 주위 사람들에게 자랑하고 자랑하시는 그들. 그러므로 나는 울음을 참아야 하는 것이다.

나는 눈물을 참고 집을 향해 걷는다. 어느덧 와자지껄한 먹자골목을 지나 언덕길이다. 먹자골목과는 완연히 다르게 가로등만이 조용히 길을 지키고 서 있다. 소쩍새 울음소리가 산에서 들려온다. 서울에서는 참으로 듣기 어려운 소리인데, 몇 달 전 이곳으로 이사와 요사이 듣는다. 소쩍새의 울음소리에 한 번 더 울컥해진다. 아버지의 목소리가 생생하게 들린다. 아버지의 얼굴도 떠오른다. 그렇지만 나는 울지 않기로 한다. 대신 언덕길을 한 발씩 야무지게 걸어 오른다.

2

연구실에 있는데 고향의 오촌 아저씨로부터 전화가 왔다. 아버지가 마을회관에서 동네 이장 선거가 끝난 뒤 점심을 드시다가 탈이 나 중환자실에 갔다는 것이다. 그러니 준비하고 얼른 내려오라고 했다. 나는 전화를 끊고 나서 설마 큰일이야 있겠느냐며 그리 대수롭지 않게 여기고 고향에 있는 병원으로 갔다. 그런데 병원의 침대에 누워 있는 아버지의 모습을 보는 순간 할 말을 잃었다. 아버지는 눈을 감고 호흡기를 코에 댄 채 누워 있었다. 나를 알아보기는커녕 호흡기를 떼면 곧 숨을 멈출 것만 같았다. 나는 도저히 믿을 수 없었다. 그리하여 아버지를 연신 불렀다. 아무런 대답이 없으셨다.

담당 의사에게 아버지의 상태를 물어보았다. 가망이 없다고 했다. 음식을 드시다가 목이 막혀 숨을 쉬지 못했는데, 제때에 조치를 취하지 못해 뇌가 큰 손상을 입었다고 했다. 나는 의사의 말을 믿을 수 없었다. 그래서 구급차를 불러 서울에 있는 큰 병원으로 모시고 갔다. 이 병원 저 병원에 연락을 했지만 중환자실이 없어 입원이 어렵다고 해 무턱대고 아버지가 다니시던 병원의 응급실로 갔다. 아버지는 몇 해 전 뇌경색 등으로 병원에 입원하신 적이 있어 주기적으로 진료를 받고 있었다. 아버지는 정해진 진료 일에 오시는 일을 즐거워하셨고, 나도 자주 고향에 갈 수 없었으므로 그날 아버지를 뵐 수 있어 좋았다. 용돈을 자주 못 드리니 진료비와 약값을 내드리는 것이 그나마 자식으로서의 도리를 조금이나마 하는 것 같아 마음이 편했다. 내가 진료비와 약값을 내드릴 때마다 아버지는 여간 미안해하지 않으면서도 좋아하셨다. 든든한 아들을 두었다고 생각하시는 것 같았다.

응급실에 접수를 했지만 워낙 많은 환자들이 있어 아버지의 결과를 쉽게 들을 수 없었다. 그리하여 동생과 교대로 식사를 하러 갔다. 된장찌개를 주문해 먹고 아버지의 지갑을 열어보았다. 식사비가 충분했다. 아버지의 지갑에는 놀랍게도 많은 현금이 들어 있었다. 그리하여 고향의 병원을 나서면서 어머니께 용돈으로 십만 원을 드렸고, 구급차 비용으로 이십육만 원을 내었다. 그러고도 남은 돈이 있어 식사비를 계산했다. 식사비를 내면서 아버지가 내게 마지막 밥상을 차려주신 것은 아닌가 하는 생각을 했다.

고대병원 응급실 옆에 있는 한 음식점에서
오천 원짜리 된장찌개를 주문해 먹다가
아버지의 지갑을 열어본다
천 원짜리가 여남은 장

아버지는 지갑에 웬 돈을 그리 넣었는지
십만 원을 꺼내 어머니의 용돈으로 드리고
시골 병원에서 타고 온 구급차 비용으로 이십육만 원을 내고도
남은 것이다

큰아들에게 따뜻한 밥을 사주려고
준비한 것일까

남은 돈을 세어보니 열한 장
하늘 길 가실 여비를 챙겨놓고도
식사비로 충분하다

아버지가 차려주신 넉넉한 밥상
빈 그릇까지 맛있다

— 「넉넉한 밥상」 전문

    식사를 마치고 돌아와서도 결과를 들을 수 없었다. 여러 간호사와 의사가 다가와 아버지를 살폈고 이러저러한 검사를 많이 했다. 그러다가 마침내 책임 의사로부터 결과를 들었다. 가망이 없다고 했다. 의사는 중환자실에 입원을 하든지 고향으로 내려가든지 마음대로 하라고 했다. 원하면 중환자실에 입원을 시켜주겠다고 했다. 나는 그 의사의 말을 들으면서도 믿기지 않았다. 그렇지만 받아들이지 않을 수도 없었다. 나는 아버지의 보호자로서 결정해야 되었다. 그리하여 서울보다는 고향에 모시는 것이 좋겠다고 생각했다. 아버지께서 평생 살아오신 고향에서 돌아가시도록 해드리는 것이 도리라고 생각한 것이다. 그리하여 다시 구급차를 불러 고향으로 향했다. 병원을 빠져나가는 순간, 나도 모르게 눈물이 났다. 약국에서 지은 약을 받아 즐겁게 걸어가시던 아버지의 뒷모습이 눈에 선했다. 다시는 아버지가 못 오실 곳. 나도 아버지를 뵈러 오지 못할 곳이 되었다.

3

하루 종일 아버지를 돌보아드렸지만 차도가 없었다. 여전히 의식이 없었다. 그러다가 저녁이 되어 맥박이 내려가기 시작했다. 그리고 마침내 세상을 뜨셨다. 2013년 12월 25일 밤이었다. 정확하게는 23시 36분이었다. 한 1~2분 정도 먼저 세상을 뜨신 것 같은데, 의사가 그렇게 판정을 내렸다. 의식을 잃고 중환자실에 옮겨온 지 닷새 만이었다.

운명하신 아버지의 모습을 보고 있자니 이루 말할 수 없는 아쉬움과 안타까움이 들었다. 어떻게 음식을 드시다가 세상을 뜰 수 있단 말인가. 금방이라도 툭툭 털고 일어나실 것만 같은데, 그렇게 못 하시는 모습이 너무도 안타까웠다. 아버지는 근동에서 알아줄 정도로 힘이 세셨다. 곡식 가마니도 거뜬히 드셨고 나뭇짐도 엄청났다. 또한 아버지는 이야기하는 것을 좋아하셨다. 그리하여 아버지는 사람들과 잘 어울리셨다. 술을 많이 하지 않으셨지만 무슨 이야기이든지 재미있게 하셨다. 그래서 나는 아버지가 자리에서 벌떡 일어나 먼 곳에 다녀온 이야기를 재미있게 해주시길 빌었다. 그렇지만 나의 바람일 뿐 아버지는 일어나지 못하셨다. 나는 운명을 믿지 않지만 아버지의 모습을 보면서 운명이라는 것을 생각했다. 인간으로서는 어떻게 해볼 수 없는 운명이 있는 것은 아닌가, 새벽에 꾸었던 돼지꿈을 떠올렸다.

고향집에 들어서는데

시커먼 돼지 한 마리가 담장 가에 있다가 놀라

후다닥 담을 넘어 도망치는 게 아닌가

나는 돼지에게 해를 끼칠 마음이 없었고

오히려 식구처럼 여기고 있었기에

놀라기도 하고 섭섭해 그냥 바라보고 있는데

웬 포수가 나타나

돼지를 향해 총을 쏘는 게 아닌가

워낙 빠르게 달리고 있었기에

어림없을 것이라고 생각했는데

돼지가 하늘로 솟구쳤다가 땅에 떨어지는 게 아닌가

그래도 벌떡 일어나 나를 한 번 보고는

달려가는 게 아닌가

피를 뚝뚝 떨어뜨리는 돼지를 바라보며

무사하길 비는데

어느새 내 눈은 눈물범벅이다

의식을 잃은 채 중환자실에 누워 있는 아버지를

만나러 가는 새벽

어디선가 돼지의 울음소리가 들렸다

— 「돼지꿈」 전문

아버지를 고향의 병원에 모시고 고향 집에서 하룻밤을 잤다. 그런데 이상하게도 돼지꿈을 꾸었다. 좋은 꿈이 아니었다. 돼지가 피를 흘리는 모습을 본 것이다. 꿈을 깬 새벽, 나는 가만히 누워 생각해 보았다. 아버지가 아무래도 돌아가시겠다는 생각이 들었다. 그렇게 되면 안 되는데, 안 되는데 하면서 병원에 갔다. 아무런 변화가 없이 누워 계셨다. 그렇지만 간밤의 돼지꿈이 머리를 떠나지 않았다. 정말 아버지는 하루를 넘기지 않고 떠나셨다.

4

아버지는 몇 해 전에 뇌경색과 폐부종 등으로 힘든 적이 있었다. 그렇지만 꾸준히 운동을 하시고 병원의 치료를 받으시면서 건강을 많이 되찾으셨다. 그래서 농사를 꽤 지으셨다. 특히 다른 농사보다도 시세가 괜찮다고 마늘 농사와 고추 농사를 많이 지으셨다. 감자며 참깨며 콩이며 팥 농사도 상당했다. 나는 아버지를 뵐 때마다 농사를 무리해서 짓지 마시라고 말씀을 드렸다. 먹을 양식이나 지으시라고, 몸조심하시는 것이 무엇보다 필요하다고 잔소리처럼 당부했다. 그런데도 아버지는 듣지 않으셨다. 아마도 자식에게 손 벌리지 않고 당신이 쓸 용돈이라도 마련하려는 것이었으리라. 그리하여 농사를 지으시는 아버지를 말릴 수 없었다.

　나는 한때 아버지를 원망했다. 할아버지가 돌아가시고 나서 가세가 기울기 시작해 내가 초등학교 4학년 무렵부터 겪은 가난은 이루 말할 수 없었다. 아버지는 농사를 지으면서 다른 한편으로는 장사도 하셨다. 송이버섯이며 황기며 고추며 마늘 등 농작물 장사에 손대기 시작했는데, 점점 커지게 되었다. 그러나 아버지는 성격이 유해서 번번이 실패했다. 송이버섯을 싣고 가던 차가 사고가 나거나 보증 선 사람이 도망을 가는 등 운도 따르지 않았다. 그리하여 농토를 거의 날리고 빚까지 졌다. 아버지는 그 바람에 강원도 사북에 가서 광산촌 생활도 몇 해 했다. 그리하여 나는 아버지를 원망한 것이다

　그러다가 노동자 생활을 하면서 나는 비로소 아버지를 이해했다. 나는 공업고등학교를 졸업하고 제철소에 입사했는데, 근무조건이 3조 3교대인 데다가 한 달에 한 번밖에 쉬지 못해 여간 힘든 것이 아니었다. 어떤 날을 야근하고 나서 잠을 자면 얼마를 잤는지 정신을 차릴 수 없었고, 코피를 쏟는 날도 있었다. 안전사고를 당하는 꿈을 꾸기도 했다. 꿈속에서 헤매다가 깨어났을 때 느꼈던 안도감은 참으로 아늑했다. 실제로 안전사고로 다치거나 세

상을 뜬 동료들을 보았다. 청천벽력 같은 연락을 받고 와서 주저 앉아 울음을 터뜨리고 실신하는 유족들의 모습이 아직도 눈에 선하다. 또한 동료의 죽음을 두고 책임을 지지 않으려고 회피하고 회유하고 심지어 협박까지 하는 공장의 책임자들의 모습도 떠오른다. 나는 나이가 어려 세상의 실정도 공장의 상황도 잘 몰라 그저 지켜보기만 했지만, 공장 책임자들의 그 비인간적인 모습에 분노했다. 지금도 마찬가지이다.

나는 입사 초기에는 동료들을 경멸했다. 동료들이 나보다 나이가 한참 위여서 아버지뻘 되는 이들도 있었다. 그래서 소통하는 데 어려운 점이 있기도 했지만, 그들의 행동에 큰 실망을 했다. 동료들은 새파란 계장이나 과장이 현장 순찰을 돌 때면 나서서 굽실대었다. 그러면서도 계장이나 과장이 돌아가면 뒤돌아서서 투덜대고 욕을 해대었다. 나는 동료들의 그 표리부동한 모습이 싫었다. 또한 동료들은 근무 시간 외에는 엉뚱한(?) 일에 매달렸다. 족구 내기를 하는 데 열을 올리거나, 일확천금을 바라고 복권을 사거나 주식을 사고파는 데 몰두했다. 더러는 술을 심하게 마셨고, 카드를 치러 다니기도 했다. 또한 여자들을 어떻게 해보려고 춤을 배우러 다니는 이들도 있었다. 나는 그러한 동료들에게 실망했던 것이다.

그렇지만 나는 시간이 지나면서 동료들을 이해하게 되었다. 동료들의 삶을 일방적으로 비판하기보다는 그렇게 할 수밖에 없는 상황을 비로소 알게 된 것이다. 그리하여 동료들을 패배자로 만든 구조며 제도며 분위기를 비판하기 시작했다. 동료들은 열악한 임금과 장시간 노동에 시달렸다. 또한 위험 요소가 많은 작업장에서 주어진 작업량을 맞추느라 시달렸다. 동료들은 사장의 명령에 대항할 만한 지식도 정보도 용기도 없었다. 동료들을 대신해줄 노동조합도 없었다. 그리하여 동료들은 주체성을 포기하고 명령에 그저 순응하며 살아가고 있었다. 나는 동료들의 그와 같은 삶을 극복할 수 있는 길을 고민했다.

동료들은 가난하고 학력이 낮아 힘이 없었지만 본성은 그렇지 않았다. 동료들은 착했고 성실했고 책임감이 강했다. 그리고 무엇보다 인간적이었다. 돈이 필요해 손을 내미는 동료를 거절하지 못하고 도와주었다. 동료가 이사를 하거나 큰일이 있으면 자신의 일처럼 관심을 가지고 도왔다. 동료가 지각을 하거나 결근을 하면 어떻게 해서든지 감싸주려고 했고 수당을 받을 기회가 생기면 챙겨주려고 했다. 나는 그러한 동료들의 도움을 이 글에서 다 소개할 수 없을 정도로 많이 받았다. 나는 동료들이 베풀어준 인정을 잊을 수가 없다. 아직껏 제대로 보답하지 못했지만 늘 가슴속에 품고 있는 것이다.

나는 제철소의 노동자들과 함께 생활하면서 아버지를 이해하기 시작했다. 장사에 실패해 논을 팔고 빚을 진 아버지의 마음은 오죽했겠는가. 그러한 상황 속에서도 아버지는 큰아들의 부탁을 들어주시지 않은 적이 없었다. 내가 책이나 물건을 살 돈이나 학교에 낼 돈을 말씀드리면 한 번도 따지지 않고 마련해주셨다. 오히려 부족하지 않느냐고 걱정하셨다. 그리하여 나는 아버지를 속일 수 없었고, 조금이라도 아버지의 부담을 덜어드리려고 돈을 아껴 썼다. 그러한 아버지가 바로 노동자였다. 아버지 역시 가난하고 학력이 낮아 힘이 없었지만 열심히 사셨다. 그리고 착하고 인정 많은 삶을 사셨다. 새벽부터 늦은 저녁까지 온몸으로 농사일에 매달렸고, 손이 필요한 이웃을 기꺼이 도우셨다. 이웃집의 일을 당신의 일처럼 여기고 나섰던 것이다. 그리하여 사람들로부터 법 없어도 살 분이라는 말을 들으셨다.

5

마을 이장이 농자금 추천을 자기 편 사람들만 한다고 이르신다

중풍 때문인지 손발이 뻣뻣하다고 이르신다

시제가 제대로 안 된다고 이르신다

다 캐지 않은 도라지밭을 땅 주인이 갈아엎었다고 이르신다

올해는 감나무가 시원찮다고 이르신다

날이 가물어 큰일이라고 이르신다

길가의 매운탕집이 음악을 시끄럽게 틀어 잘 수 없다고 이르신다

민박집들이 오물을 개울에 흘려보낸다고 이르신다

키우던 개가 잘못 먹어 죽었다고 이르신다

시장 사람들이 중국산 마늘을 국산으로 속여 판다고 이르신다

벌레 때문에 고추 농사가 어렵다고 이르신다

울산 조카가 작업반장한테 맞아 목을 다쳤다고 이르신다

농협장 선거에 돈이 뿌려진다고 이르신다

기름 값이 너무 비싸 보일러를 뜯어야겠다고 이르신다

영달네가 자식놈에게 맞았다고 이르신다

내가 쉬는 일요일 저녁에 이르신다

엊그제 이른 일을 또 이르신다

여든 살 아이가 되어 큰아들에게 이르신다

— 「아버지가 이르신다」 전문

아버지는 근래에 무슨 일이 생기면 나에게 자주 전화를 하셨다. 나는 큰아들을 믿어주시는 아버지께 늘 감사함을 가지고 있었다. 아버지는 광산촌에서 돌아오신 뒤부터 열심히 농사를 지으셨다. 나는 아버지가 농사일에 욕심을 내는 것을 보고 걱정도 했지만, 농사를 숙명으로 여기는 모습에 크게 배웠다. 자신의 일에 최선을 다하는 자세가 얼마나 필요한지를 아버지를 통해 배운 것이다. 그리하여 나는 아버지를 뵐 때마다 나의 길을 생각했다.

아버지는 오랜 농사 끝에 진 빚도 다 갚았고 새 집도 생겨 비교적 편안하게 사실 수 있었다. 좀 더 사셨으면 얼마나 좋았을까. 이 글을 쓰는 순간에도 아쉬움이 강하게 든다. 아버지가 베풀어주신 사랑을 제대로 보답해드리지 못했는데. 아버지의 음성을 한 번만이라도 들을 수 있다면 얼마나 좋을까. 문득 나무는 고요하려고 해도 바람이 그냥 두지 않고, 자식이 봉양하려고 해도 어버이는 기다려주지 않는다樹欲靜而風不止 子欲養而親不待는 옛말이 떠오른다.

법 없이도 살 수 있었던 아버지. 인정이 많던 아버지. 열심히 일하신 아버지. 힘이 센 아버지. 나는 아버지의 삶을 통해 가난하고 힘든 속에서도 착하고 성실하고 의리 있게 살아가는 노동자의 모습을 보았다. 그리하여 나는 노동자인 아버지가 자랑스럽다. 삶을 다하는 날까지 그러할 것이다. 나는 아버지의 아들답게 살아갈 것이다. 착하고 인정 많고 의리 있고 그리고 열심히 살아갈 것이다. 나에게 참다운 삶의 자세를 가르쳐주신 아버지, 감사합니다. 부디 평온하소서.

맹문재

1991년 『문학정신』으로 작품 활동을 시작했다. 시집으로 『먼 길을 움직인다』, 『물고기에게 배우다』, 『책이 무거운 이유』, 『사과를 내밀다』, 『기룬 어린 양들』이 있다. 전태일문학상, 윤상원문학상, 고산문학상 등을 수상하였다. 현재 《시와시》 주간, 안양대 국문과 교수로 있다.

• 문성해

끈기와 독기의 저장고

이제 아버지도 많이 변하셨다. 견고한 성채는 어느덧 갈라지고 무너져서 바람에 흔들리거나 자주 부서진다. 아버지는 이제 어느 딸들한테도 예전처럼 대하진 않으신다. 오히려 예전에 못하시던 표현을 요즈음 더 절절하게 하려고 애쓰시는 듯하다.

끈기와 독기의
저장고

　　나는 시인이 되면서 비로소 아버지에게 인
정 아닌 인정을 받은 셈이니 태어나서 하루 세 끼 챙겨 먹어도 부
끄럽지 않게 해준 이 '시인'이란 이름에 나는 항상 감사한다. 내
가 시인이기 이전, 다시 말해 내가 매일 밤낮으로 방안에만 틀어
박혀 뭔가를 궁리하던 시절, 아버지와 나는 늘 일촉즉발의 관계였
다. 아버지 대의 연령대가 다 그렇듯이 아버지 역시 어린 나이부
터 당신의 힘으로 가족의 생계를 책임지셔야 했다. 그런 아버지
에게 멀쩡한 대학까지 나와 나이 서른이 넘도록 방안에서 무위도
식하는 나는 얼마나 한심하고 무능해 보였을까,

아버지는 내가 당신처럼 교편을 잡기를 원하셨다. 우리 집은 동네에서 다섯 손가락 안에 꼽히는 딸 부잣집이었다. "이 중에서 하나는 선생님이 나와야 한다."고 아버지는 우리가 어렸을 때부터 말씀하시곤 하셨다. 특히 몸이 약한 내게 "일 년에 두세 달은 방학이니 선생님만큼 딱 맞는 직업은 없다." 하시며 은근히 강요 아닌 강요를 하셨다. 그런 말을 듣고 자라서일까? 내 장래 직업군에서 제일 먼저 제외된 것도 이 선생님이다. 가까이서 선생님인 아버지를 보고 자란 나는 선생님에 대한 환상 같은 것이 있을 리가 없었다. 코흘리개 아이들과 학교라는 규율에 얽매여 평생 다람쥐 쳇바퀴 돌듯 사신 아버지의 삶을 나는 따라가고 싶지 않았다.

그림을 그리고 싶어 했던 나는 미대를 고집했고 돈이 많이 들어간다는 이유로 부모님의 강력한 반대에 부딪치자, 그럼 연필 하나로 할 수 있는 일을 찾아 국문과를 지망했다. 아버지께서는 내심 초등학교 교사보다는 그래도 중, 고등학교에서 국어를 가르치는 편이 훨씬 낫겠다고 생각하신 모양이었지만 나는 교사자격증도 따는 둥 마는 둥, 학교생활 내내 글 쓰는 선배들과 어울려 다니기에만 바빴다.

나는 대학을 졸업하고 등단하기 전까지 꽤 여러 일을 전전했다. 출판사 교정직, 카드영업직, 장애인선교회 사무장직, 스튜디

오 경리직 등등, 모두 임시방편으로 얻은 일들이라 일 년도 안 되어 그만두는 일이 허다했고 그나마 몇 년 붙어 있게 된 직장들은 몸은 편했지만 돈이 안 되었다. 월급이란 이름도 무색하게 오히려 집에서 가져다 쓰는 돈이 더 많았으니 그런 직업을 아버지가 인정하실 리는 만무했다. 점점 나를 바라보는 아버지의 눈빛은 냉소적으로 변해갔고 나는 나대로 직장 같은 건 때려치우고 글만 쓰고 싶어도 그럴 수 없는 탓을 아버지에게로 돌렸다.

잘 다니던 직장을 때려치운 봄날의 어느 아침이었을 거다. 멍하니 컴퓨터 앞에 앉아 있던 나를 한심한 듯 바라보시던 아버지의 눈빛을 지금도 잊을 수가 없다. 나는 그 눈빛을 벗어나기 위해 글에 매달렸고 글이 되지 않는 날은 같은 처지의 친구들과 밤새 어울렸다. 내가 글 쓰는 꼴을 보기 싫어하는 아버지를 피해 나는 아버지가 출근하시면 습작을 했고 퇴근하시면 올빼미처럼 친구들을 찾아 술집으로 달려 나갔다. 알코올에 젖은 몸을 이끌고 집에 돌아오면 아버지는 마당에 전등을 환하게 켜놓으신 채 주무셨다. 그 환한 불빛을 등대 삼아 매번 컴컴한 골목을 걸어 집으로 돌아오면서도 나는 늘 아버지를 대적해야 할 상대로만 생각했지 한번도 아버지의 입장이 되어서 생각해본 적은 없었다. 그 불은 아버지가 늦게 오는 나를 혼내려고 켜둔 게 아니라 어두운 골목에서 내가 다치기라도 할까 봐 밝혀 두셨음을 훗날에야 알았다.

아버지는 내가 애시당초 다른 길을 가기를 바라셨던 것인지도 모른다. 편한 길을 놔두고 사서 어려운 길을 가려는 자식에게 아버지는 할 수 있는 모든 반대를 다 하실 수밖에 없었을 것이다. 그러나 내가 몇 번의 고배를 마신 후 마침내 신춘문예에 당선되던 날, 아이러니하게도 가장 기뻐하신 분은 아버지였다. 글 쓰는 일로 나와 그 많은 시간을 싸웠던 분이라고 하기엔 도저히 이해가 안 될 만큼 아버지의 환대는 폭발적이었다. 아버지는 내 시가 실린 1월 1일자 신문을 스크랩하셔서 친구 분들과 친지 분들에게 자랑하시는 것도 모자라 평소에는 먹기 힘들던 소고기까지 서너 근 사오셨다. 그 이후 아버지는 백팔십도 달라져서 붓글씨로 내 시를 써서 벽에 걸어 놓기도 하시고 새벽까지 시로 끙끙거리는 내게 은근슬쩍 음료수 같은 것도 들여놓아 주셨다. 평소에도 끈기만 있으면 무엇이든지 할 수 있다고 입버릇처럼 말씀하시던 아버지였다. 아버지는 하고 싶은 일을 위해 끝까지 도전한 나의 끈기를 처음으로 인정하여 주신 것이었다.

나의 이 끈기와 문학적인 끼는 아버지에게서 그대로 나온 것임을 고백하지 않을 수 없다. 나는 얼굴 생김새는 물론 계단을 타박타박 밟고 오르는 소리며 변덕 많고 소심하고 괴팍한 성격까지 아버지를 쏙 빼닮았다고 한다. 어렸을 때부터 어머니에게 들어오던 이 말이 나는 정말 싫었지만 단 한 가지, 무슨 일을 시작하면 끝장을 보고야 마는 아버지의 근성만큼은 정말 닮고 싶었다. 아버지는 딸 중에서 당신을 가장 많이 닮은 나에 대한 기대가 유난히 크셨다. 굳게 믿었던 맏딸이 크나큰 실망을 안겨드렸으니 아버지의 배신감은 하늘을 찌르고도 남았을 것이다. 아버지는 나에 대한 실망을 긴 세월을 두고 그런 식으로 표현하셨던 것인지도 모른다.

아버지는 1935년 을해생이시다. 어머니가 스무 살에 아버지는 스물일곱 살에 나를 낳으셨으니 다행히도 아버지 어머니의 가장 젊으신 혈기와 감성을 나는 고스란히 받고 태어났다고 할 수 있다. 아버지는 어린 시절 북쪽에 사시다가 시집간 누나 하나만 그곳에 남긴 채 서울에 정착하셨다고 했다. 그래서 남북이산가족 프로만 나오면 눈시울을 적시곤 하셨다. 아버지는 6·25때 폭격으로 한강의 다리가 끊어지자, 가족을 따라 한강을 헤엄쳐서 건넜고 그 당시 그렇게 들어가기 힘들던 충주사범고등학교를 나와 열아홉 살 때부터 교단에 서셨다. 부임하신 첫날 육학년 교실 뒤에 앉아 있던 말만 한 처자 애들—그때는 학교를 늦게 들어가는 일이 허다했으므로—눈을 피해 천장만 보고 수업하셨다는 이야기는 언제 들어도 재미있다. 왜 그렇지 않겠는가, 사범학교를 갓 졸업한 앳된 청년의 눈에 열다섯 열여섯의 처자 애들이 어떻게 제자로만 보일 수 있었을까, 그런 새파란 청년을 그 제자들 또한 어떻게 선생님으로만 볼 수 있었겠는가, 홍안의 아버지를 좋아하다 상사병으로 죽은 동네 처자도 있었다니 훤칠한 청년이었던 아버지의 모습을 그리는 일은 그리 어렵진 않을 것이다. 그런데 대체 사람이 사람을 얼마나 좋아하면 배배 말라 죽는다는 그 상사병에 걸려 죽을 수가 있을까, 사람으로 태어나서 그렇게 온 맘을 바치는 사랑을 만나는 것도 대단한 행운이란 생각이 든다.

이상하게도 젊은 날의 아버지를 떠올리기란 쉽지 않다. 분명 아버지에게도 이십 대 삼십 대 사십 대가 있었을 터인데 어찌 된 일인지 아버지는 언제나 지금 연세의 아버지로만 계신다. 그 이유를 곰곰 생각해보니 자식인 내게 있어서 아버지는 남자나 인간이기 이전에 그것들을 뒤덮는 하나의 단어인 아버지로만 불렸기 때문이 아닐까, 세상의 모든 남자와 여자는 아이가 생기는 순간 모든 개성을 다 버리고 보편적인 아버지 어머니로만 남게 되는 게 현실이다.

아버지에 대한 강렬한 기억을 꼽으라면 단연 이것이다. 아마 내가 초등학교 3, 4학년 무렵이었을 것이다. 우리 식구는 문경 읍내에서 살고 있었고 아버지는 매일 문경에서 새재 고개 너머 시골 초등학교로 자전거를 타고 출퇴근을 하셨다. 저녁 무렵 심상치 않던 하늘에서 천둥 번개가 치더니 밤이 되자 태풍이 몰아치기 시작했다. 퇴근하셨을 아버지와 연락할 통신시설이 전혀 없던 그 시절. 엄마와 다섯이나 되는 어린 딸들은 이불을 뒤집어쓰고 앉아 번쩍거리는 창밖만 속수무책으로 바라다볼 수밖에 없었다. 돌아오지 않는 남편 걱정을 안고 거기다가 불안해하는 아이들까지 다 끌어안아야 했던 그 밤은 어머니에게는 또 얼마나 길었을까.

깜빡 잠이 들었다가 인기척 소리에 깨어난 나는, 태풍을 방안까지 끌고 온 듯 흠뻑 젖은 아버지의 목소리를 숨죽인 채 들을 수 있었다. 태풍이 온다는 소리에 숙직실에서 잘까 하시다가 빨리 집에 돌아가기로 결심한 아버지는 문경새재 고개에서 태풍과 맞닥뜨리신 모양이었다. 한 치 앞을 가늠할 수 없는 비바람 속에서 자전거를 타고 겨우 겨우 오시던 아버지를 고목이 덮쳤다고 했다. 천우신조로 몸을 피한 아버지는 나무에 끼인 자전거를 빼내어 그 먼 거리를 걸어서 오셨다는 것이다.

아버지의 이 무용담은 몇 십 년이 지난 지금도 우리를 생생한 태풍의 한복판에 있게 한다. 비바람 몰아치는 태풍 속을 부서진 자전거를 끌고 걸어오시면서 아버지는 무슨 생각을 하셨을까? 그

험하고 무섭다는 문경새재를, 어떤 사람은 밤에 귀신도 보았다는 그곳을 덜덜거리는 자전거와 함께 넘게 한 힘은 무엇이었을까? 그건 가족이라는 질기고 질긴 끈의 힘이 아니었을까? 아름드리 고목을 쓰러뜨리는 태풍의 힘보다도 강한 것은 집에서 기다리는 가족의 살냄새였던 것이다. 또한 거기엔 아버지 속에 감춰진 어떤 독기 같은 것도 한몫 했을 것이다. 그것이 없었다면 나약하고 작은 한 인간이 산과 마을을 삼키는 태풍 앞에서 어떻게 살아남을 수 있었을까, 그 독기 하나로 아버지는 한강을 건넜고 열아홉에 가장이 되었고 결혼해서는 일곱 식구를 너끈히 건사했던 것이다. 그런데 당신을 쏙 빼닮았다는 나인데도 그 독기만큼은 온전히 닮지 못한 듯하다. 사는 게 조금만 팍팍하면 무릎을 꿇고 힘드네 괴롭네 연발하는 나는 아버지의 독기를 따라가려면 아직 한참은 먼 것 같다.

학교에서 나오는 박봉으로는 도저히 생활하기가 힘드셨던 아버지는 어머니와 함께 문경 읍내를 가로지르는 샛강 다리 끝에서 구멍가게를 열기도 하셨다. 그때 아버지의 월급은 쌀을 사고 나면 거의 바닥날 정도여서 한창 커가는 다섯 아이를 감당하기에는 역부족이었다. 그 가게는 과자와 생필품을 파는 그야말로 쥐구멍만 한 가게였다. 자는 방과 가게가 달린 집도 신기했지만 무엇보다 우리의 눈을 사로잡은 것은 크리스마스에나 먹어볼까 말까 할 과자며 색색의 문구류와 난생 처음 보는 물건들이 선반 위에 널려 있는 것이었다. 우리들은 부러워하는 친구들 앞에서 한껏 의기양양했다.

가게에 딸린 콩나물시루 같은 방에서 우리 일곱 식구는 오글오글 붙어 잤다. 엄마가 새벽이면 시커먼 보자기를 들추고 조르릉 조르릉, 콩나물시루에 물 부어주는 소리를 들으며 우리는 쑥쑥 자라났다. 그 시절, 부모님 몰래 우리가 공범이 되어 즐기는 일이 하나 있었으니 그건 낮에 하나씩 감춰둔 과자를 이불 속에서 몰래 까먹는 일이었다. 우리는 서랍 속에 숨겨둔 과자를 생각하며 밤이 되기만을 기다렸다. 아무리 딱딱한 과자라도 침으로 녹이면 소리가 나지 않는다는 것을 그때 알았다. 밤이면 쥐들조차 극성이어서 낮에 팔려고 보면 과자봉지들마다 다 구멍이 나 있을 정도였다.

밖에서는 쥐가 안에서는 우리가 바숴대는 과자들로 결국 가게는 딱 세 달 만에 망하고 말았다. 문 닫기 전날 아버지는 아이스케키 통을 방안에 들이고 팥이 듬성듬성한 아이스크림을 우리들에게 실컷 먹게 해주셨다. 밤마다 이불 속에서 벌어지던 일들을 아버지가 다 알고 계셨다는 것을 우리는 어른이 되고서야 알았다. 이빨을 드러낸 생쥐 같은 우리들에게 집 하나가 다 뜯어 먹히는 소리를 듣고도 모른 체하셨던 젊은 날의 아버지에 관한 시를 덧붙여 본다.

밤마다 우리들의 발목을 끌고 어딘가로 흘러가던 샛강의 물소리, 귀가 어두운 외할머니 곁에서 다섯이나 되는 우리들은 이불을 뒤집어쓴 채 낮에 숨겨놓은 과자를 바수어댔다 아무리 야문 밤이라도 우리들의 어금니 아래서는 쉽게 바숴졌다 그 소리에 가려 가난한 아버지의 근심이 하나도 들리지 않았다

과자 먹는 소리를 가려주던 샛강의 물소리, 팔려고 보면 과자봉지들은 으레 구멍이 나 있었다 우리들은 쥐새끼마냥 밤마다 과자봉지를 물어 날랐다 초콜릿이 발린 밤, 캬라멜이 발린 밤은 딱 세 달 만에 끝장이 났다 아이스케키 통이 바닥날 때까지 우리는 끝이 듬성듬성한 아이스케키를 실컷 먹었다

늬들 과자만은 실컷 먹였노라 지금도 어깨를 으쓱거리는 아버지, 그때 완벽한 알리바이로 우리들의 죄를 덮어주던 샛강의 물

138

소리마저 아버지는 다 알고 계셨던 거다 새끼들이 집 하나를 다
뜯어먹어도 내색 않던 젊은 당신처럼 나도 내 새끼들에게 집 하
나를 통째로 다 던져 줄 수 있을까

—「과자의 집-샛강 슈퍼」 전문

그 후 아버지는 집에 돌아오시면 방문을 닫고 계신 적이 많았
다. 우리들은 안방에서 만화프로를 보다가도 아버지가 퇴근하여
돌아오시면 우르르 일어나 우리 방으로 돌아오곤 했다. 그럴 때
마다 어머니는 아버지에게 "애들이 주워온 자식들이냐?" 타박을
하셨지만 아버지는 듣는 둥 마는 둥, 텔레비전만 뚫어지게 들여다
보실 뿐이었다. 우리 집에서 아버지는 가까이 가기 어려운 사람,
무뚝뚝하고 웃음소리를 내지 않는 바위 같은 존재였다. 또한 우
리가 보는 만화영화 속의 외계인 같은 사람, 피할 수 있으면 피해
야 하는 사람이 되어갔다. 우리가 다 자랐을 때 아버지는 우리와
는 섞일 수 없는 기름 같은 존재가 되어 있었다. 어머니는 그런 아
버지를 두고 또 말씀하셨다.

"절에서 살 사람이 결혼은 왜 했는지 모르겠다."

매일 학교와 집밖에 모르는 아버지는 친구들도 별로 없이 늘
혼자만의 성에서 사시는 듯 보였다. 그 성에서 나오시는 날은 우

리가 또 아버지를 피했으니 아버지는 늘 아버지 등에 성 한 채를 지고 다니신 셈이다. 아버지는 당신이 쳐놓은 울타리 속에서 들이는 사람도 없이 조용히 세월을 맞고 계셨다. 조금씩 아버지의 나이를 지나면서 돌이켜 보니 그때 아버지는 단순히 그냥 쉬고 싶어서 그러시지 않았을까? 하는 생각이 든다. 몇 십 년 동안이나 분필가루와 아이들의 소란 속에서 보낸 아버지였다. 그러나 쉬고 싶은 마음과는 다르게 현실은 그렇지가 못했다. 집에 오면 또 두세 살 터울의 우리들이 텔레비전 앞에 바글바글 모여 있었으니 자연 "너희 방에 가라!"는 말씀이 튀어나올 수밖에……. 쉴 수 있는 곳이 아니라 학교의 연장선상으로밖에 보이지 않는 집에서 아버지가 할 수 있는 일이란 그저 방문을 닫고 조용히 텔레비전 속으로 빠지는 수밖에 없었을 것이다.

대신, 밖에서나 안에서나 밝은 음색으로 말하는 분은 언제나 어머니셨다. 우리는 무엇이 필요하면 아버지보다는 어머니에게 졸랐으니 어머니는 우리의 대변인이었고 아버지의 무거운 그늘을 벗어나게 해주는 유일한 쉼터였다. 내게 그 시절의 아버지는 밤늦도록 화면 속으로 빨려들어갈 듯 텔레비전 앞에 웅크린 모습으로만 남아 있다. 모두가 잠든 밤, 텔레비전의 희미한 빛 속에 동그마니 남아계신 아버지의 등에서 외로움을 본 것은 내가 사춘기의 끝을 막 지날 때였다. '아, 아버지도 나처럼 외로움을 타는 사람이구나, 아버지도 나처럼 혼자만의 세계에 빠져 사시는구나, 아버지도 나처럼, 나처럼……' 험한 사춘기의 끝에서 나는 무수하게 아버지와 나의 같은 점을 발견해내고 비탄과 환희의 몸서리를 쳤다. 아이를 겪고 자랐음에도 어른은 결코 아이들의 맘을 이해할 수 없다. 어른을 이해하기 위해서는 내가 어른이 되는 수밖에 없음을 알았을 때 나도 어느 덧 아버지와 같은 어른이 되어 가고 있었다.

수은처럼 은밀하게 반짝이던 그것들은 다 어디로 갔을까

내가 울면 아버지는 담뱃진 낀 손바닥을 내게 내미셨다
오목한 손금 안에 단단하게 박혀 있던
은빛의 화한 몸뚱이들

아버지는 TV가 끝나도록 동그랗게 등을 말고 그것을 잡수셨다
슬픔이건 울분이건 혓바닥 위에 올려놓고 오래오래 녹여 먹고 계셨다
그 화한 방 속으로 아버지는 녹아 들어가고 있었던 거다

그 동그랗고 조그만 방 속에

꽉 들어찬 새카맣고 단단한 슬픔의 핵

거기에 살짝 혀를 대고 긴긴 겨울을 나고 계셨던 거다

나는 눈이 육각형이란 말을 믿지 않았다

겨울이면 내 스케치북 속에는 언제나 동그란 은단이 내리고

눈사람들은 언제나 화난 아버지 같은 얼굴을 하고 있었다

—「은단」 전문

그런 아버지에게로 내 맘과 몸이 다 무너진 일이 있다. 내가 늦은 결혼을 하고 신혼여행을 다녀와서 남편과 함께 신접살림을 차리러 인천으로 떠나던 날 아침이었다. 내 짐은 진즉에 정리하여 미리 인천에 부쳐 놓은 터라 남은 짐 몇 개를 어깨에 메고 돌아서려는데 울먹거리는 어머니보다 더 짠하게 신경이 쓰이는 사람은 아버지였다. 그렇게 싸우고 미워했던 아버지인데 이상한 일이었다. 골목 끝에서 마지막 인사를 하려고 돌아서는 순간, 아버지가 어머니 뒤에서 얼른 눈물을 훔치는 것이 보였다. 내가 부르는 소리를 들었음에도 아버지는 선뜻 뒤돌아서지 못하셨다. 첫 눈물은 용케 훔쳐내셨지만 연달아 나오는 눈물은 어쩔 수 없이 내게 다

들키고 말았던 아버지. 그런 아버지의 눈물을 나도 감춰드리고 싶어 얼른 어머니에게만 인사하고 골목을 황급히 빠져나오는데 뜨거운 것이 자꾸만 내 얼굴을 타고 내려오는 것이었다. 그간 아버지에게 쌓인 감정을 나는 버스 안에서 흐르는 눈물로 다 씻어내었다.

견고한 벽이고 성 같은 분이 떠나는 딸 앞에서 한없이 작게 무너진 모습은 두고두고 내 마음을 아프게 했다. 완고하고 차갑기만 한 아버지 앞에서 나는 반항아였고 불효자였고 파시스트였다. 아버지보다 더 강하게 뻗대는 길만이 나를 방어하고 사는 방법인 줄 알았다. 지금 이대로 떠나면 그간 아버지에게 불손했던 죄를 갚을 길이 영영 없을 것 같았다. 그러나 한 가정을 이룬 이상 이제 다시는 아버지와 한집에 살 수 없다는 절망감은 나를 이러지도 저러지도 못하게 했다. 나는 새로운 집을 얻은 대신 지금까지 살았던 집은 영원히 잃게 된 것이었다.

평생 아내나 자식들에게 무엇을 표현해 본 적이 없었던 아버지는 그날 자식에 대한 사무친 애정을 난생 처음 절절하게 표현하셨던 것 같다. 결혼해서 잘 사는 모습을 보여주는 것만이 그간 아버지를 미워한 나의 죄를 갚는 일이라 생각하며 지금까지 살고 있지만, 그건 나만의 생각인 것 같다. 결과적으로 나는 그것을 하나도 갚지 못한 채 살고 있다.

　연세가 드시면서 이제 아버지도 많이 변하셨다. 견고한 성채는 어느 덧 갈라지고 무너져서 바람에 흔들리거나 자주 부서진다. 아버지는 이제 어느 딸들한테도 예전처럼 대하진 않으신다. 오히려 예전에 못하시던 표현을 요즈음 더 절절하게 하려고 애쓰시는 듯하다. 여전히 아버지를 닮은 나에 대한 애정은 동생들에게 하시는 것보다 곱절이어서 일주일에 몇 번이라도 먼저 전화를 걸어오신다. 그 목소리에는 딸에 대한 그리움이 묻어 있어 오히려 밍밍하게 전화를 받는 내가 더 죄송스러워질 지경이다.

　지난해 추석의 일이다. 명절을 쇠러 친정에 간 나를 끌고 다짜고짜 아버지께서는 옥상에 올라가셨다. 어렸을 때부터 피부염으로 고생하는 나를 늘 걱정하시던 아버지였다. 그런 아버지의 꿈에 조상이 나타나서 옥상에 나무 하나를 심어주고 갔는데 아침에 가보니 정말 이상한 나무가 한 주 서 있더라는 거였다. 아버지가 가리키시는 그곳엔 과연 포도 알 같은 열매들이 주렁주렁 매달린 커다란 나무가 한 주 서 있었다. 이 나무 열매를 삶아 먹으면 피부염이 바로 나을 거라며 기뻐하시는 아버지 얼굴은 어린아이처럼 상기되어 있었다. 그런데 같이 따라온 남편이 이건 귀화식물인

자리공이라며 성장 속도가 굉장히 빨라서 토종식물들을 다 죽이는 풀이라고 만지지도 못하게 했다. 독성이 강해서 보는 즉시 뽑아서 버려야 한다는 남편의 주장에 아버지의 낯빛은 금세 흙빛으로 변하고 말았다. 결국 그 풀은 억센 남편의 손에 뿌리째 뽑혀 마당에 버려지고 말았다. 대체 나에 대한 걱정이 얼마나 크셨으면 그런 꿈까지 꾸게 되셨을까? 나는 자리공 열매 하나를 따서 슬며시 주머니 속에 넣어두었다. 열매를 매단 채 마당에 축 늘어져 있는 그 풀이 잔뜩 풀 죽어 있는 아버지처럼 보였기 때문이다. 아버지가 매일 옥상에 올라가서 그 나무를 보며 가졌을 희망을 생각하니 한편으론 그 나무의 독성은 어쩌면 정말 내 지병을 낫게 해줄 약이 될 수도 있었지 않았을까 하는 생각마저 들었다.

아버지는 십년 전 뇌출혈로 쓰러지셨다가 기적적으로 살아나셨다. 담배가 주원인이었지만 그보다 더 큰 원인은 그동안 아버지가 당신 스스로한테 준 스트레스 같은 것들이 아니었을까 싶다. 아버지가 병원 중환자실에 계시는 두 달 동안, 나는 벽에 걸려 있는 아버지 옷들만 봐도 눈물이 났다. 몇 달째 골목에 서 있던 아버지의 애마 엘란트라를 봐도 그랬고 아버지가 일궈 놓은 옥상의 텃밭들을 봐도 그랬다. 주인이 없는 것을 귀신처럼 알고 텃밭의 배추며 상추들은 말라 죽었고 집안 곳곳에는 개미들이 들끓었다. 텃밭의 흙이 다 개미가 되었나 싶을 정도로 그것들은 끝도 없이 옥상에서 내려와 가뜩이나 쓸쓸한 집을 더욱 을씨년스럽게 만들었다. 다행히 수술은 성공적이어서 아버지는 다시 우리들 곁으로 돌아오셨다. 처음엔 말투와 오른쪽의 모든 기능들이 다소 어눌하셨지만 아버지는 예의 그 끈기와 독기로 다시 한번 재활에 성공하셔서 지금은 서예와 운전, 탁구까지 수준급으로 하신다.

나는 언젠가부터 아버지를 닮았다는 말을 내가 먼저 자랑삼아 하고 다니게 되었다. 그렇게 말할 때마다 아직은 다 닮지 못한 아버지의 끈기와 독기들이 조금씩 내 쪽으로 흘러들어오는 것을 느낄 수 있기 때문이다. 아버지는 지금도 현재진행형으로 당신이 가진 최상의 유전자를 살뜰히 내게로 흘려보내주고 계시는 것이다.

문성해 1998년 《매일신문》, 2003년 《경향신문》 신춘문예로 등단하였으며, 시집으로 『자라』, 『아주 친근한 소용돌이』, 『입술을 건너간 이름』이 있다. 대구시협상, 김달진문학상 젊은 시인상을 수상하였다.

● 박용하

아버지의
피

아버지를 생각하는 일은, 당신이 어떤 사람
이든 당신은 제 아버지고, 제가 어떤 사람
이든 저는 당신의 아들이듯, 당신을 제 삶
에서 아주 떼어 놓고 싶다 해도 아주 떼어
놓을 수는 없는 것이지요.

아
버
지
의
피

아버지는 떠났지요. 저와 하나뿐인 형을 조
부모한테 맡기고, 한전 직원이 되어 시내버스조차 들어오지 않던
시골 마을을 떠나갔지요. 내가 여섯 살 때의 일이지요. 시골 마을
을 떠나기 전까지 아버지는 농부였는데, 아버지가 어떤 농부였는
지, 농사꾼으로서 어느 정도로 농사일에 애정을 갖고 신경을 쓰며
일했는지 저는 알지 못합니다. 1934년생인 당신이 겪었던 일제
강점기와 한국전쟁과 젊은 날에 대해서도 들은 바 없으니 모릅니
다. 일제 징용까지 갔다 살아 돌아온 할아버지야말로 '수난 이대'
의 전형이라 해도 틀리지 않겠죠. 어머니로부터 훗날 들은 바로

는 비록 남의 땅이었지만 적지 않은 땅을 할아버지가 부쳐 그 곤 궁한 시절에도 밥 굶지 않았으며 얼마간의 땅도 구입한 걸로 압니 다. 그러니까 아버지가 그 시골 마을을 떠나 아버지 직장이 있던 타지를 떠돌기 전, 제가 너무 어렸다고는 해도, 아버지에 대한 기 억이 이상하고 신기하리만치 전무합니다. 희미한 생김새조차 남 아 있지 않았으니까요. 그 후 제 시야에 들어오는 건 아버지가 아 니고 할아버지였습니다. 아버지가 그곳을 떠나지 않았다면 아버 지의 인생도 지금까지와는 사뭇 달랐을 것이고, 제 인생도 제 형 과 아우들의 인생도 대책없이 달라졌을 것입니다. 사후적인 해석 이지만 그랬다면, 그래서 그 시골서 함께 살았다면 우리 형제들이 대학물 먹는 건 고사하고, 아버지의 성격과 제 성격이 부딪쳐 저 는 지금보다 훨씬 상태가 안 좋은 인간이 되었거나 일찍이 집을 뛰쳐나가는 사태가 벌어졌을지도 모릅니다. 까놓고 말해 당신과 나는, 당신하고 당신 아버지하고 같이 있으면 그렇듯, 피가 충돌 하듯 상극이죠. 극과 극은 통한다는데 우리들의 극은 전혀 통하 지 않는 각각의 극일뿐인 것이죠. 당신에겐 결례가 된다 해도 당 신과 함께 어린 시절을 보내지 않게 된 것은, 어디 매이기 싫어하 는 제 기질도 기질이지만, 간섭 받는 걸 극도로 꺼리는 제 성격으 로 봐선, 당신과 함께 생활하지 않은 건 여러모로 축복이었죠. 조부모와 함께 보냈던 제 유년은, 아버지와 같이 살면서 누렸을 기쁨보다 같이 살지 않으므로 해서 제가 누리고 얻었을 기쁨이 훨씬 더 컸다고 자부합니다. 지금도 그 시절을 생각하면 행복한 기운이 피 가득 올라옵니다.

당신은 이미 옛날에 다 잊었겠지만, 제 기억 속에 당신이 절대 군주처럼 각인된 사건이 있습니다. 당신이 그 시골을 떠나던 해 가을, 어머니가 추석을 쇠러 할머니 집에 왔을 때, 형은 초등학생이었고, 저는 아직 학교에 다니지 않을 때여서, 그토록 엄마 따라가겠다 조르는 통에 어머니가 저를 데리고 아버지가 일하던 강원도 고성의 어촌 대진으로 갔었죠. 어부들이 전봇대 사이에 묶어놓은 밧줄 위에 올라가 놀다 다리가 걸려 떨어지면서 다리뼈에 금가는 사고가 났었죠. 저는 당연히 일어설 수가 없었고, 전후 사정은 알아보시지도 않고, 일어나지 않는다는 단 하나의 이유로 쓰러져 몸도 못 가누던 그 어린 자식에게 몽둥이를 들고 달려 내려와 눈알 부라리며 호통치던 그날 아버지의 모습은 제 아버지의 모습이 아니었으며 아무리 부정해도 어쩔 수 없는 제 아버지의 모습으로 제 심신에 아주 오래도록 박혔습니다. 게다가 당신은 그날 손도 까닥하지 않았으며 결국 저를 들어 방으로 옮긴 사람은 어머니였습니다.

프로기사 중에 '삼초서棋' 란 별명이 붙은 기사가 있지요. 속기 중의 속기, 초속기파 기사인 그가 삼 초를 못 참고 수를 둔다 해서 붙여진 별명일 테지만, 수를 그만큼 빨리 한눈에 읽는다는 뜻이기도 하지요. 기재를 타고났다는 긍정의 의미도 있으니 저 별명 속에 든 내용이 꼭 나쁘다고만 할 수는 없을 것입니다. 저는 아버지를 저 프로기사의 별명에 빗대 '삼초박林' 이라 불러드리고 싶네요. 삼 초를 못 참고 화를 내서 그렇기도 하지만, 아버지에게 삼 초면 화를 내기에 충분한 시간이어서 더 그렇습니다. 저는 말하기와 글쓰기를 배우기 전에 당신이 화내던 얼굴부터 먼저 알았습니다. 어떨 때 아버지를 보고 있으면 아버지는 마치 화를 내고 싶어 기회를 엿보는 사람처럼, 누군가 불을 지르지 않아도 화를 낼 판에 화를 낼 빌미라도 생기면 '그래 너 마침 잘 걸렸다' 며 아니나 다를까 화를 시작하고, 그런 화를 점점 더 부채질하는 후원자가 마치 자신 속에 들어 있기라도 하듯 화를 가열 증폭시켜 옆에 있는 사람들까지 질리게 만든 적이 셀 수 없었습니다. 대체 저 많은 화가 어디서 왔으며 누구보다 그 많은 화와 함께 오랜 세월 지내야 했던 당신 자신이 괴로웠을 것이고, 그걸 옆에서 지켜봐야 하는 가족들의 고통도 이만저만이 아니었을 겁니다. 무엇보다 어머니가 가장 괴롭고 힘들었을 것입니다. 어머니가 저더러 그러시더군요. "다 지난 일이니 이제 와 어쩌겠냐마는 그 시절로 다시 가 살라면 자살하고 만다."는 말이 헛말이 아닌 것이지요. 어머니가 감당해야 했을 고통은 당신이나 저 같은 사내들이 헤아릴 수 있는 성질의 한도를 넘어서는 것입니다. 그나마 그런 당신이 크게 아프지 않고 여든을 넘어선 것은 그야말로 당신의 복이고 우리 가족의 복이라 해야겠죠. 감기 몸살이라도 나면 당신은 당신 자신뿐 아니라 온 가족을 들들 볶아댔지요. 당신 주위에 있는 공기들조차 당신을 못마땅하게 여겨 당신을 피했을 정도라는 걸 당신은 모르실 겁니다. 제가 아버지로 인해 받은 고통뿐만 아니라 가족이 아버지로 인해 받은 고통을 아버지는 아는지 모르는지 도대체 개념 없는 사람처럼 굴 때가 한두 번이 아니었습니다. 아버지는 아버지 자신밖에 모르는 사람이며 아버지 이외의 사람에 대해 공감하고 고통하는 능력이 부족하거나 아주 미약해서 아버지에게 무얼 더 기대하고 바랄 게 없었습니다. 이제 와 부정한들 또 무슨 소용이겠습니까. 어머니가 암에 걸려 수술하는 비상 사태가 발생했는데도 아버지는 병간호는커녕 병원에조차 들르지 않았지요. 아버지한테 졌습니다, 졌어요. 그때가 어머니 나이 일흔이고, 수술 잘 끝나고 항암치료 받을 때, 어머니보다 열 살이나 위인 이모가 서울로 급파돼 어머니 병간호한 걸 모르실 거예요. 꿈에서

라도 아버지를 닮을까 두렵습니다. 웬만해선 가족을 걸고넘어지지 않는 제 처가 어느 날 골이 났는지 저보고 그러더군요. "당신이 당신 아버지를 그렇게 부정하고 싫어해도, 당신 형제들 중에 당신이 당신 아버지를 가장 많이 닮았다."고 할 때나 "당신 피 속엔 당신 아버지의 피가 유구해요."란 소리를 들을 땐, 저도 기분이 급속 냉각됐고, 저도 제가 상당 부분 싫었습니다.

제가 할머니하고 살 때, 아버지가 절 가끔이라도 생각했는지 저는 모릅니다. 제가 분명히 말할 수 있는 건, 저는 아버지와 떨어져 살면서 아버지가 생각나지도 않았고, 일부러 생각하는 일은 더더욱 없었고, 보고 싶지도 않았습니다. 아버지가 안 계신 어린 시절부터 저는 혼자 있는 걸 좋아했고, 혼자 잘 놀았고, 혼자 노는데 타고난 아이처럼 잘 놀았습니다. 무리와 어울리거나 무리 짓기를 싫어하고 더 힘들어 했습니다. 저는 혼자 있는 존엄을 아주 일찍 스스로 터득했고, 한때는 그렇게 살기도 했습니다. 그런 제게 일 년에 두어 번 명절날이거나 특별한 경조사가 있을 때 아버지가 나타나시면, 아버지의 바짝 힘 들어간 이마와 아버지의 물기 없는 짜증과 심술 섞인 목소리라도 들리면, 저 혼자 있는 평온과 저만의 세계는 삽시간에 금 가고 물이 들이치고 곧이어 박살이 나고 말았습니다. 당신이 할머니 집에 오는 것 못지않게 여름방학과 겨울방학이 되면 당신이 근무하는 직장으로 형과 함께 갈 때의 마음 역시 비슷한 것이었지요. 어머니와 동생들을 만난다는 큰 즐거움이 있는 반면, 한두 달 당신과 지내야 하는 부담을 벗어던 질 수 없었습니다. 당신이 계시는 곳에 가면 당신은 "응, 왔나?" 무뚝뚝하게 한마디 하곤 그걸로 끝이었죠. 지금 생각해도 일 년에 한두 번 보는 부자지간인데 마치 남과 남이 만나듯, 어쩌면 그렇게 어색하고 무뚝뚝하고 멋대가리 없는 만남이 다 있을까 싶었습니다. 우리 사이엔 부자지간이라는 정이 거의 실종된 사람 같았으며 그건 어릴 때나 지금이라고 해서 별반 다르지도 않습니다. 만나면 괴로워, 그게 당신과 저였고, 지금도 그렇죠. 그리곤 수시로 뭔가 불만에 가득 찬, 인생의 즐거움을 어떻게 구가해야 할지 선험적으로 받은 것도 후천적으로 배운 적도 없는 한 남자를 방학 내내 견디다 방학이 끝날 때쯤, 마침 해방이 되기라도 하듯 조부모의 품으로 돌아오곤 했습니다. 그러니 방학이 제겐 꼭 좋은 것만은 아니었죠. 그래도 아버지 직장이 일이 년이 멀다 하고 발령이 나 옮겨 다니는 바람에 저는 방학 때마다 낯선 고장의 풍광과 풍물을 접할 수 있었던 건 특별한 경험이었습니다. 그렇기는 해도 방학이 시작될 때쯤 어머니를 만나러 가는 기쁨보다 방학이 끝날 때쯤 아버지로부터 벗어나는, 아버지를 가까이서 보지 않아도 되는 기쁨이 더 컸던 유년이었습니다. 당신은 늘 이마에 화를 새기고 그걸 언제 터뜨릴까 호시탐탐 기회를 노리는 사람처럼 보였습니다. 그 화를 당신 직장과 함께 옮겨 다니며 어머니와 제 손아래 동생들이 고스란히 감당했을 걸 생각하면 지금도 제 가슴은 쇠 가슴이 되고 제 머리는 쇠 머리가 되고 맙니다.

그러다 1970년대 중반 어머니가 강릉에 집을 구입하고 같이 살게 되었을 때, 아버지는 평일엔 직장이 있던 타지에서 계셨고, 주말이면 강릉 집에 와 계시다 월요일 새벽이면 회사로 가곤 했지요. 회사에 근무하다 주말에 아버지가 나타나면, 그렇지 않아도 말 없던 청소년이었던 저는 아버지하고 같이 지내야 하는 주말엔 더 말이 없었지요. 저는 아버지하고 말하는 게 싫었고, 솔직히 아버지가 일방적으로 하는 말 듣는 게 고역이었고, 남의 속도 모르고 "넌, 참 말이 없어."라고 한마디 하실 땐, "뭘 몰라도 너무 모르십니다." 한마디 해주고 싶었지만 속에다 담고 잠가버리고 말았습니다. 아버지와 같은 밥상에 앉아 밥 먹을 때면, 우리는 무슨 엄숙한 의식을 치르듯이 묵묵하게 그저 수저질만 해댔지요. 도대체 당신과 무슨 말을 할 수 있었을 것이며 무슨 말이 나올 수 있었겠습니까. 제가 중2 때부터 발병한 축농증으로 고3 때까지 남모르는 극심한 고통을 당하던 시절, 하루는 밥상에서 아버지가 제게

"요즘 코는 괜찮냐."고 물으셨고, 뜻하지 않은 아버지의 관심에 저는 어떻게 대꾸해야 할지 모르는 아이처럼 밥만 후딱 먹고 제 방으로 돌아오자 제 태도가 불만스러웠던 형이 "이 자식이 아버지가 묻는 말에 대답도 안 한다."며 날 두들겨 팰 정도로 분위기가 험악해졌던 적도 있었습니다. 제 형은 형이라는 이유로 동생들에게 유세나 부리는 그런 형이 아니었는데도 그땐 상심이 컸던 모양입니다. 형과 단둘이 어릴 때부터 지내서 그런지 당신이 안 계시던 자리에서 형이 저를 지켜보고 보듬어 줬습니다. 아버지가 들으면 언짢으시겠지만 제겐 형이 품도 넓고 가슴도 따뜻하고 아버지나 다름없었습니다.

아버지는 몸의 기본 틀이 좋고, 기골이 장대한 사내 축에 들지요. 목까지 짧아서 맷집 좋게 생겼지요. 제 몸과는 골격 자체부터 다르지요. 아버지는 정말이지 힘 쓰게 생겼지요. 하지만 아버지의 몸을 보고 있으면 삶의 유연성이라곤 깃들일 데 없는 아집과 고집덩어리로 뭉쳐진 사람을 보는 듯했습니다. 아버지하고 같이 지내는 거 맘에 안 드는 정도가 아닙니다. 바로 지옥입니다. 별것도 아닌 것을 침소봉대해 화내는 것도 싫었지만, 이 방 저 방 다니며 양치질하는 것도 싫었습니다. 늘 인상을 쓰고 있는 것도 싫었지만, 뽕짝을 크게 듣는 것도 맘에 안 들었습니다. 가족이 모인 명절날 밤에도 수틀리면 택시 대절해 직장이 있는 곳으로 날라버리는 당신의 돌발적인 모습에서 역시 수틀리면 그러기도 하는 제 모습의 원형을 보는 것 같아 마음이 불편했습니다. 저도 벌레 싫어하는 사람이지요. 하지만 벌레가 나무에 낀다고 창문 옆 단감나무 두 그루를 베어버린 것은 실망을 넘어 당신을 원망하게 만들었습니다. 당신이 감나무의 그 탐스러운 잎사귀와 잎사귀를 때리던 여름 빗소리와 황금빛 열매와 단풍 드는 잎까지 베어버린 걸 생각하면 지금도 기분이 안 좋습니다. 그뿐이 아니지요. 당신이 어떤 사람인가 하면 명절날 가족끼리 밥 먹을 때, 당신 입맛에 맞는 맛있는 반찬이 있으면 젓가락으로 접시째 자기 밥그릇 옆으로 당겨다 놓고 독점하다시피 드실 땐 정말이지 부모 자식 사이를 떠나 밥상을 엎어버리고 싶었습니다. 당신이 당신밖에 모르는 인간이라는 걸 절실하게 알게 된 건, 제가 청년이 되고도 또 한참 지난 뒤의 일입니다. '사람은 뒤를 봐야 한다'는 말이 제게는 사람의 본색이나 본성은, 사람이 속에 생겨 먹은 건 잠재돼 있다 어떤 계기를 맞아 하루아침에 밖으로 드러날 수도 있다는 말로 들립니다. 숨기는 데는 평생이 걸리지만 들통 나는 데는 하루아침이면 족한 것이지요. 아버지 속에 잠재돼 있던 아버지의 본색이 밖으로 노골적으로 드러난 것은 20여 년 근무한 한국전력에서 퇴사한

1990년대 이후지요. 마흔 무렵에 술 담배 끊고 몸 관리했으니 건강하시고, 그나마 직장 생활로 숨 죽이고 있던 당신의 에너지가 퇴사하시고 특별히 할 일도 없고 그러니 그 잉여 에너지가 가족들 특히 힘없는 할머니와 어머니에게 들이쳤겠지요. 당신을 견딜 수 있는 사람은 당신밖에 없어요. 어쩌면 당신도 당신 자신을 견딜 수 없어 그렇게 여러 사람 속 뒤집는 것인지도 모르죠. "난들 그러고 싶어 그러겠냐. 내가 그러는 게 아니라 내 속에 있는 다른 내가 그러는 것이란다. 그러니 나더러 어쩌란 말이냐." 그렇게 말하고 싶으실 겁니다. 이제 당신을 생각하는 일은 괴로운 일이라기보다 짜증나고, 짜증나기보다 안쓰럽고, 안쓰럽기보다 측은한 일이기도 하여 자식이라 할지라도 속수무책이고, 그저 몸 아프지 않고 인생의 말년을 보내시다 삼 일만 앓다 이 세상 밖으로 퇴장하시길 바랄 뿐입니다. 저는 당신에게 기대조차 하지 않았지만, 지금껏 당신한테 격려가 되는 따뜻한 말 한마디 들은 적 없었어요. 당신은 젊은 날 끽연은 물론이고 술고래였음에도 지금껏 저한테 술 한잔 권하거나 따라 준 적이 없고, 담배 한 대 권한 적이 없습니다. 아버지하고 저하고 같은 밥상에서 밥을 먹는다는 것은 오직 밥을 먹기 위한 것이지 서로의 안부와 살아가는 얘기를 들으려고 있는 자리가 아니었다는 것은 예나 이제나 바뀌지 않는 철칙 같은 것입니다. 당신 힘으로 돈을 벌어 가족을 부양하고 교육시킨 것에 감사하고 또 감사해도 모자라겠지요. 하지만 아버지는 그거 외엔 인간적인 매력이라곤 전무한 사람이었고, 이승은 물론이고 저승의 한 식탁에서도 같이 앉아 밥 먹기 싫은 사람 꼽으라면 열 손가락에 들어간다고 저는 일말의 거리낌도 없이 말할 수 있습니다. 당신과 저는 한 하늘을 같이 이고 살 수는 있어도 한 지붕을 같이 이고 한 식탁에 앉아 있을 수 없는 사람들입니다. 앉아 있는 자체가 상극이고 비극의 현장인 것이죠. 우리는 그런 사이입니다. 아무리 그렇다 해도 새벽 버스 타고 직장으로 떠나던 그 먼 날의 당신을, 당신의 새벽을 높게 칩니다. 저를 열 뻗치게 한 날도 적지 않았지만, 타지에서 혼자 지내며 일하시던 당신의 뒷모습을 높게 칩니다. 하지만 아버지는 저하곤 너무 안 맞았습니다. 부모 자식도 결국엔 각자고 궁극적으로는 타인입니다.

　요즘도 일찍 잠자리에 드시고 새벽에 깨어 운동하시는 아버지. 조미료 든 음식은 일절 입에도 안 갖다 대는 아버지. 몸 관리 잘하시는 아버지. 여든의 나이가 무색하게 아직도 기세등등하시니 제가 하루 술이라도 세게 먹으면 "넌 술 세게 먹으면 몇 달 앓은 사람 같다."며 어머니가 오죽 했으면 술 담배 하는 제게 "딴 건 몰라도 니 애비 몸 신경 쓰는 것만큼은 배워라." 당부했겠습니까. 아버지여, 나의 아버지시여. 당신은 당신식대로 사세요. 이제 와 바꿔겠어요. 당신은 당신 방식이 아닌 식으로 삼 일만 사시면 곧바로 병이 날 거예요. 아버지 성질 지구 밖으로 나갈 리 만무하지요. 제가 평소 세상을 바꾸려는 자는 지 에미 애비부터 바꿔야 한다고 힘주어 말하는 것도 부모가 그토록 바뀌지 않기 때문에 하는 말이지요. 인간이란, 인간의 생각이란 변질되기는 쉬워도 참으로 바뀌기는 어렵지요. 사람이 얼마나 안 바뀌는지 일생 갖고 안 되는구나 싶고, 심지어 인간이 바뀌려면 인간이 죽어야 한다는 극단적인 생각까지 하게 되지요. 제가 당신을 바꾸기는커녕 당신을 멀리 피했듯이 당신 또한 저를 바꿀 수 없었습니다. 저는 아버지를 위해 태어난 것이 아니며, 어머니를 위해 태어난 것도 아니지요. 아버지가 저뿐만 아니라 우리 가족들을 어떻게 대했는지 아버지는 모르실 거예요. 아버지가 안다고 말하면 제 손가락을 자르겠어요. 자상하신 면이라곤 점 하나만큼도 없는 아버지, 그렇다고 영악한 것도 아니지요. 영악한 사람이었으면 지역 기관장들과 어울려 도박이나 하고 술추렴이나 하며 돈도 모으지 못하고, 그렇게 세월을 까먹었겠어요. 당신이 봉급 봉투를 들고 오지 않았을 때 어머니의 가슴에서 무슨 일이 일어났는지 당신은 아직도 모를 거예요. 안다면 제 아버지가 아닐 겁니다. 아버지는 제게 아버지이기 전에 스승 아닌 스승입니다. 제가 '아버지라는 스승'에게 배울 건 스승처럼 살아서는 안 된다는 겁니다. 제가 다시 초등학생이 되어 가훈을 정하라는 숙제가 떨어지면 고민할 것도 없습니다. '아버지처럼 살지 말자'가 될 겁니다. 아무리 그렇다 한들, 그렇게 결의를 다부지게 다진다 해도, 제 피 속에는 아버지의 피가 전설처럼 흐릅니다. 저는 제 피 속에 들어 있는 아버지의 피를 가끔 들여다봅니다. 꺼내보기도 합니다. 그러면 그 피가 웃으면서 말합니다. "너도 쉽지는 않을 게다."

이 땅의 대개의 아버지들이 그렇듯이 '명문대 나와 한자리 차지하고 떵떵거리며 사는 아들'을 원했을 당신의 바람과 기대와는 달리 저는 너무도 먼 곳으로, 다른 나라로 가버리고 말았고, 글줄이나 쓴답시고 헤매는 인간이 되고 말았습니다. 어찌 됐건 저는 아버지가 원한 삶을 살지 않고, 제가 원한 삶을 살고 있습니다. 제 딸도 제가 원한 삶이 아닌 딸 자신이 원한 그런 삶을 살길 바라며 그렇게 될 것입니다. 저는 당신이 원했던 사람이 아닌 제가 원했던 사람이 되었으며 제 자식 역시 제가 원하는 삶이 아닌 딸이 원하는 사람이 되기를 바랍니다.

중학교 시절, 초저녁잠이 유독 많았던 저는 새벽 서너 시에 일어나 공부를 했는데, 그 시간에 회사 가려 새벽에 움직여야 했던 아버지 눈엔 제가 대견해 보였던지 형한테도 주지 않던 용돈을 슬그머니 놓고 가기도 했었죠. 그러나 제가 고교 때 학교 공부를 거의 접다시피 했을 때, 그리고 제가 명문대학을 갈 가망성이 완전히 사라진 걸 알고 아버지는 그동안 제게 보여준 호의를 냉대로 바꾸어 당신의 이마에 화인처럼 두르고 저를 대했지요. "그래, 아들이 넷이나 있는데 S대 가는 녀석도 하나 없나." 하셨을 때, 사실 저는 하나도 기분이 나쁘지 않았고, 아버지를 되레 측은하게 생각했었습니다. 아버지는 아들을 몰라도 너무 몰랐던 것이지요. 아버지가 저를 비롯해 우리 형제들에게 매를 들거나 한 적은 없지만 구타 저리 가라 할 정도로 험악한 분위기를 연출한 적은 셀 수도 없었습니다. 그럴 때마다 제 마음은 생선처럼 던져져 찢겼고, 고아처럼 나부꼈습니다.

  아버지를 생각하는 일은, 당신이 어떤 사람이든 당신은 제 아버지고, 제가 어떤 사람이든 저는 당신의 아들이듯, 당신을 제 삶에서 아주 떼어 놓고 싶다 해도 아주 떼어 놓을 수는 없는 것이지요. 되도록 당신을 생각 않는 제가 이렇게 당신에 대해 글줄이나 쓰고 있는 짓은 저를 발가벗기고 들여다보는 일처럼 난감한 것이기도 해요. 그렇다고 미화하는 건 제 체질이 아니지요. 저는 아버지 덕에 이 세상에 나왔으나 그 덕을 고마워하며 살지는 않았습니다. 당신을 생각하면 제 평심에 두드러기가 생겨요. 저는 제가 염두에 두고 수시로 꺼내 보는 가슴속 사람들과 달리 당신은 거의 무관심 속에 방치되어 있다시피 하고, 실상 저는 제 앞가림하기도 벅차고, 또 당신 생각을 한들 무슨 뾰족한 수가 있는 것도 아니어서 그렇기도 하지만, 당신 생각 안 하는 게 상책이어서 그 어린 시절 멀리 타관에 계시던 당신을 그리워하지 않고 제가 잘 지냈듯, 저는 요즘 강릉에 계신 당신을 거의 잊다시피 하고 지내지요.

잊다시피 하고 지내지만 제 몸속에는 그렇게도 제가 떨쳐 놓으려 했고, 삭제하려 한 아버지의 피가, 부계의 피가 고스란히 전설처럼 흐르고 있습니다. 아버지를 닮지 않겠다고, 아버지와는 다른 삶을 살겠다 그토록 다짐해도 아버지를 닮은 이 세상의 숱한 아들들처럼 이 피의 전통은 사소한 것이 아니며 그 힘 또한 면면하고 막강합니다. 저는 이 피를 모른 체하지 않을 것입니다. 제 피의 전통을 외면하지 않고, 정면으로 맞서며 삶을 구할 것입니다. 아무리 백세 시대라 하지만 당신이 백이십을 넘어 백오십 살까지 살겠다고 한 말을 들었을 땐 허탈한 웃음이 나오기 전에 무안했습니다. 이제 여든을 넘기셨으니 당신 뜻대로 되신다면 아직 칠십 년이나 더 살아야 하고, 당신 소원대로 되신다면 어쩌면 저보다, 아니 분명 저보다 오래 사실 겁니다. 사람에 따라 다르겠지만 저만 해도 아프지 않고 웬만큼 살다 세상 밖으로 나가면 되지, 그렇게 장수하는 게 인간에게 꼭 복인지 잘 모르겠습니다. 좋습니다. 백 살이든, 백오십 살이든 사십시오. 아버지에게 사는 것보다 더 좋은 것이 있겠습니까. 단, 아프지 말고 사십시오. 당신이 아프면 당신 곁에 붙어 있을 사람은 아무도 없을 것입니다.

　저는 어려서 잘 울었는데 커서는 잘 울지 않게 되었습니다. 울 줄 몰라서가 아니라 우는 걸 싫어하게 되었고, 특히 남들이 보는 데서 우는 게 어떤 의도가 개입된 가식같이 느껴져 눈동자까지 올라온 눈물을 다시 둘둘 말아 눈물의 출발지로 내려 보내는 짓도 마다하지 않습니다. 전 아직까지 당신이 우는 걸 한 번도 본 적이 없습니다. 당신은 냉루한冷淚漢입니다. 나이 들어가면서 제가 잘 울지 않는 건, 저 애비의 피 때문이구나 그렇게 생각하는 날도 있게 되었습니다. 저는 어려서 화낼 줄 모르는 아이였는데, 커서는 폭발하거나 화를 참아내느라 제 속을 불길로 채워야 했습니다. 어떨 땐 화를 풀거나 놓아줄 줄 모르는 사람이 되어 있는 제 자신을 들여다보면 더 화가 나고, 한번 화가 작동하면 멈추기 어려워 제가 화를 위해 있는 사람이 아닌가 그런 몹쓸 생각까지 해야 했습니다. 이것 역시 저 애비의 더러운 혈통 때문이라는 걸 인정하지 않을 수 없었습니다. 제 피에서 아버지의 피를 외면하고, 나는 아버지와는 다르다 힘주어 떼어 놓으려 할수록 아버지의 피는 더욱 기승을 부립니다. 원수를 닮지 않으려는 사람 속 깊이 원수가 들어와 똬리를 틀듯, 아버지의 피가 제 속에서 용틀임합니다. 어떨 땐 이 피의 둑을 무너뜨려 다 쏟아버리고 싶기도 합니다. 저는 제 속에 흐르는 당신 피와 앞으로도 지난한 싸움을 계속할 것입니다. 당신은 죽을 때까지 변하지 않을 것입니다. 이 세상의 숱한 아버지들처럼. 저 역시 쉽사리 변하지 않을 것입니다. 이 세상의 숱한 아들들처럼. 아버지, 당신은 씻을 수 없는, 씻는다 해도 씻기지 않는 나였습니다. 아무리 나를 나로부터 떼어 놓으려 해도 떼어 놓을 수 없는 내가 바로 아버지 당신이었습니다. 나는 당신을 찾아가지 않을 겁니다. 당신이 제 속에 있기 때문이죠. 그렇다 해도 나는 아버지가 아니며 나대로 살 겁니다. 어머니가 한 말이 아직도 떠나지 않습니다.

"삼대에 끝내라."

박용하 1989년 《강원일보》 신춘문예와 《문예중앙》으로 등단하였으며, 시집으로 『나무들은 폭포처럼 타오른다』, 『바다로 가는 서른세 번째 길』, 『영혼의 북쪽』, 『견자』, 『한 남자』, 산문집으로 『오빈리 일기』가 있다.

• 이승하

아버지의
낡은 내복

"말하지 않아도 내 마음을 네가 알 거라 생각했었다. 나는 어릴 때부터 누구한테서도 사랑을 받아보지 못했다. 그래서 사랑을 베풀 줄을 몰랐던 것이다."

      나는 지금까지 담배를 한 개비도 피워보지 않았다. 아버지가 청장년 시절에는 애연가였는데 아버지한테서 풍기는 담배 냄새를 싫어하다 보니 대체로 담배를 배울 나이 때에 담배를 전혀 피우지 않았고, 그것이 연장되어 지금도 여전히 담배를 피우지 않는다. 담배를 피우는 사람 옆에서 내색은 하지 않지만 호흡이 꽉 막히는 고통을 느끼게 되고, 그 고통은 늘 아버지에 대한 악몽 같은 몇 가지의 기억을 동반하게 마련이다. 그만큼 아버지를 오래 원망하며 살았고, 아버지에 대한 원망이 밤잠을 못 이루게 한 날도 적지 않았다. 물론 그런 날엔 대체로 시를 쓰게 된다. 아버지가 멀쩡하게 살아 계신데 이런 시를 쓰기도 했다.

　　　몸속에 남아 있는

　　　마지막 힘을 모아

　　　눈을 뜨신 아버지

　　　가족 한 번 쳐다보고

　　　천장 한 번 쳐다보고

　　　눈을 감았다가 금방

　　　다시 뜨신다

　　　이 세상 이 순간 이렇게

　　　뜨기는 싫으신 듯

　　　이대로 그냥 눈을 감으면

　　　영원한 암흑,

　　　죽음의 세계일 테니

　　　한 번만 더 눈을 뜨자

　　　한 번만, 한 번만 더

　　　한 번만 더 사물을 보자고

　　　자, 한 번만 더 눈을 뜨자고

아버지는 안간힘을 다하고 계신 거다

삶의 마지막 암벽에

지금 매달려 계신 거다

오르고 미끄러지기를

갔다가 되돌아오기를

예닐곱 번

마지막 기운마저 빠지자

눈을 크게 떴다가

감으신 아버지

두 줄기 눈물을

주르르 흘리신 뒤

숨을 멈추셨다

그 몇 방울의 눈물로 나는

아버지의 자식이 된다.

— 「아버지의 임종을 지키다」 전문

이 시 쓰고 꾸지람을 많이 들었다. 지인들, 특히 문단의 몇몇 선배분이 부고를 듣지 못한 탓에 조문을 못해 미안하다고 말을 해

왔을 때, 내가 실재가 아니고 완벽한 허구라고 말하면 멀쩡한 아버지의 죽음을 갖고 어찌 시를 쓸 수 있느냐고 꾸지람을 하는 것이었다. 어떤 분은 아버지의 임종을 갖고 어찌 장난을 칠 수 있냐고 내가 없는 자리에서 나를 비난하기도 했다고 한다. 대부분의 사람들은 동방예의지국에서는 안 해야 할 말인 것을 내게 은근히 알려주었다.

호적에는 1928년생으로 되어 있지만 내가 알기로 1927년생이다. 아버지는 생의 마지막 두 달 동안 입원해 계셨지만 한평생 입원 한 번 하지 않고 건강하게 사시며 천수를 누리다 돌아가셨다. 아버지로 말미암아 암 중에 '림프종'이란 것이 있음을 알았다. 아버지는 항암치료를 받던 중 폐렴이 갑자기 합병증으로 와서 실은 급성폐렴으로 돌아가셨다. 위의 시를 쓴 것은 2000년이었던 걸로 기억한다. 아버지는 2011년 4월 16일 0시 10분에 돌아가셨으니 11년 뒤에 일어날 일을 상상해서 쓴 것인데 실재로는 가족 중 누구도 임종을 지키지 못했다. 의식불명인 상태로 병원 중환자실에 누워 계시다가 주변에 아무도 없는 상태에서 숨이 끊어졌다.

아버지는 삶 자체를 버거워했던 것 같다. 누나와 여동생은 모두 다섯인데 아들은 유일했으니 장남의 무거운 짐을 지고 있었다. 내 할아버지는 리어카로 시골에서 채소를 떼다 도시인 대구에서 파는 장사치도 했었고 역전 지게꾼도 했었지만 인천 이씨 仁川 李氏라는 자존심이 있었던 모양이다. 고려 말에 난을 일으켰다 몰락한 이자겸의 후손이 무어 그리 대단한 양반인지는 모르겠지만 아버지는 "우리 조상 중에 이인로도 있었고"라고 종종 말씀하셨는데 할아버지가 그렇게 입에 달고 사셨던 모양이다. 나는 가문 자랑, 집안 자랑하는 사람들 앞에서는 침묵을 지킨다.

술독에 빠져 살던 할아버지는 유일한 사내자식을 초등학교에 보낼 돈이 없었다. 보다 못한 작은할아버지가 아버지를 대구 근처에 있는 시골 마을인 무태로 데려가 학교에 보냈다. 남들보다 두세 해 늦게 다니게 된 초등학교였지만 집안을 일으키겠다는 생각에 공부를 열심히 했던 모양이다. 대구중학교에 가서는 학생회장인지 학도호국단장인지를 했다. 키가 큰 미남자인 아버지는 통솔력이 있었다. 당연히 대학에 가고 싶어 했고 입학시험에 합격도 했다.

그런데 어느 날 작은할아버지가 자기 아들(나의 숙부)과 조카(내 아버지)를 불러다놓고 이렇게 말씀하셨다고 한다.

"농사를 짓고 사는 내 형편에 둘을 다 대학에 보낼 수는 없다. 재권아, 너라면 아들하고 조카가 대학에 가게 되었는데 등록금을 한 사람 몫밖에 마련하지 못했다면 누구한테 주겠느냐? 너무 서

운하게 생각하지 말아라."

　아버지는 중학교 5년 동안 열차에서 좌판 행상을 하며 고학을 했다고 한다. 작은할아버지가 학비는 대주었지만 거기까지였다. 먹여주고 재워주기까지 한 자신의 작은아버지에게 학용품 살 돈을 달라고 할 수는 없었다.

　6·25가 일어났다. 5년제 중학교 졸업도 그 당시에는 좋은 학력이었다. 훈련소 교관을 하던 아버지는 군대에서 구직문제를 해결할 길을 찾았다. 경찰전문학교에 들어갔다. 자신은 공비토벌부대가 아니라 후방치안부대에 들어가 있었는데 몇몇 동기는 죽기도 했다고 한다. 전쟁이 끝나고 아버지는 20년 가까이 경찰관을 했다.

　그런데 1950~60년대의 경찰관은 식구들 밥만 굶기지 않을 뿐, 자식 학비도 못 댈 정도로 얄팍한 월급봉투를 받았다고 한다. 게다가 전근을 계속 다녀 초등학교 교사를 하는 어머니와는 이산가족이 되곤 했다. 어머니가 보다 못해 초등학교 내 매점을 인수해 장사를 시작했고, 몇 년 해본 후 다른 학교 앞에다 아예 문방구점을 냈다. 어머니가 장사를 본격적으로 하자 아버지는 장사를 같이할 요량으로 1969년에 사직서를 냈지만 실제로는 만년실업자가 된 셈이었다. 게다가 장사 일이 성격에 맞지 않아 바깥으로 돌면서 집에 와 있을 때는 늘 화를 냈다. 인생이 뜻대로 풀리지 않아 결국 문방구점에서 짐 나르는 점원이 된 자신의 신세가 저주스러웠던 것이고, 화풀이할 대상은 아내와 작은아들, 막내딸이 전부였다.

내가 아버지를 마음속 깊이 원망하게 된 결정적인 일이 몇 번 일어난다. 초등학교 시절, 내가 사는 집과 문방구점은 아래 위층으로 붙어 있었다. 학교 근처여서 같은 반 아이들도 종종 우리 가게에 학용품을 사러 왔다. 어느 날 오후, 아버지는 무진장 화를 내며 가게의 물건을 거리에 패대기치고 있었다. 십중팔구 어머니가 말대꾸를 하여 아버지의 분노를 폭발시켰던 것이리라. 지하실 살림집에서도 들려오는 아버지의 고함소리에 놀라 계단을 뛰어올라와 보니 동네 사람들이 모여서 아버지의 광기에 찬 행위를 구경하고 있었다. 구경꾼 속에는 겁에 질린 눈빛을 한 소녀가 한 명 있었는데 마침 내가 은근히 좋아하고 있던 같은 반 여학생이었다. 아마도 내가 자살을 막연하게나마 결심했던 것은 그날부터가 아니었을까.

아버지는 심정적인 친일파였다. 일본과의 외교 마찰이 언론에 보도되면 어머니는 매번 "지독한 놈들!" 하면서 분노했고 아버지는 어머니의 분노를 대놓고 반박했다. 일제 강점기의 군국주의식

교육이 한 사람은 반일감정을 갖게 했고 한 사람은 친일감정을 갖게 했다.

아버지는 중학교 시절, 대구교도소에서 사환 일을 했는데 그 당시 만났던 여러 일본인 교도관들을 줄곧 존경하고 있었고, 그 무렵 자신을 가르친 일본인 교사 한 분을 진심으로 마음 깊이 존경하고 있었다. 그 교사의 이름을 말하며 이렇게 말하곤 했다.

"'소년이여 야망을 가져라!' 라는 클라크 박사의 말을 칠판에 일본어로 쓰고 그분은 말씀하셨다. 너희들! 꿈을 갖고 살지 않으면 죽은 거나 마찬가지라고. 해방 후로도 연락을 드리며 살았는데 언제부턴가 연락을 못 드렸다. 지금까지 살아 계실까. 살아 계시면 꼭 일본에 가서 인사를 드려야 하는데."

나는 일본이 임나일본부설을 들고 나오고 그것을 교과서에 싣고, 또 독도를 자기네 영토라고 주장하면서 세계 곳곳으로 외교 활동을 펴자 기가 막혀 「방명록」이라는 소설을 썼다. 이 소설에는 내 아버지와 흡사한 주장을 하는 인물이 나온다.

아버지가 빈 술잔을 내게 내밀었다. 잔을 채워주어 마신 뒤에 채워서 내밀었더니 손을 내저었다.

"일본인 교도관들은 내가 고학을 한다고 용기를 주려고 그랬겠지. 조선인인 어린 나한테 존댓말까지 하는 사람도 있었고, 수학이며 국사, 그땐 국어가 일본어고 국사가 일본사인데……. 공부를 가르쳐준 사람도 있었다. 그들만이 아냐. 학교 선생님들을 포함해서 내가 직접 접해본 일본인들은 하나같이 강직하고, 경우 바르고, 교양이 있는 사람들이었다. 끊임없이 절차탁마 자기 개발을 하는 분들이었고, 철저한 애국자들이었다. 조선인들, 내 동족 중에 나한테 격려의 말을 해준 사람은 하나도 없었다. 친일파 자식이라고 손가락질이나 했지. 교도관이라면 무식한 놈들이라 생각하기 십상이지. 천만에, 정말 학식도 높고 절도 있는 생활들을 해 내가 감탄을 했었다."

아버지가 물을 마신 뒤 다시 소주잔을 잡기에 얼른 술을 따랐다.

"천황의 무조건 항복 방송이 나왔을 때 조선에 와 있던 일본인들이 얼마나 많이 자결한 줄 아니? 부부 동반으로 자결한 경우도 여럿 있었지. 여자들까지도 배를 그었으니 대단한 놈들이야. 그들은 우리 조선을 당파싸움하다 망한 나라라고 줄기차게 가르쳤는데, 내가 보기에 이 말은 하나 틀린 것 없는 사실이다. 이조 시대 때는 물론이고 해방 후에도 남과 북으로, 남도 사분오열, 서로 얼마나 잔인하게 물고 뜯으며 살아오고 있느냐."

아버지는 자신의 체험에서 우러난, 일본인들에 대한 존경심을 숨기지 않았다. 그와 함께, 동족을 비난하는 일에도 한순간의 망설임이 없었다.

어머니는 태평양전쟁 말기에 사범학교를 다녔는데 공부는 제대로 하지 않고 허구한 날 밭일과 소방훈련, 간호훈련을 했다고 한다. 가르침을 준 학교 선생님들을 인정사정 안 봐주는 엄격하고 모진 인물로 기억하고 있었다. 두 분의 다른 일본관은 부부싸움의 원인이기도 했다. 나는 말대답만 늦게 해도 주변에 있는 물건을 면상을 향해 집어던지는 아버지의 말을 부정하였고 어머니의 말을 긍정하였다.

지금껏 아버지를 등장시킨 시를 열 편 이상 썼다. 첫 시집에 실려 있는 「동화」라는 시에서 아내와 자식을 수시로 두들겨 패는 폭력 가장으로 등장하는 아버지는 『욥의 슬픔을 아시나요』에 이르러서는 거듭된 폭력으로 딸을 정신이상자로 만든다. 『폭력과 광기의 나날』에서는 자기 어머니 앞에서도 밥상을 엎어버리는 패륜아로 등장한다. 『뼈아픈 별을 찾아서』에서는 「아버지한테 면회 가다」 등, 제목에 '아버지'가 들어가는 시를 다섯 편 게재함으로써 아예 아버지 인물론을 폈다. 이 시집에서 아버지는 알코올중독자가 되어 수용시설에 갇혀 있고, 전신 마비의 상태로 병상에 누워 있어 나는 똥오줌을 받아낸다. 결국 뇌사 상태의 식물인간이 되고, 식솔들 보는 앞에서 숨을 거둔다. 이 다섯 편의 시는 완벽한 허구의 산물이었다.

시집 머리말에 "이 시집을 아버지에게 바칩니다"라고 써 김천 고향집으로 보내드렸다. 아버지는 종내 아무 말씀이 없었다.

어머니가 가게를 하는 그 긴 세월 동안 집안에 웃음꽃이 핀 날이 있었던가, 저녁에 식구가 식탁에 모여앉아 정담을 나누며 밥을 먹은 적이 있었던가, 온 가족이 외식을 한 적이 한 번이라도 있었던가……. 그런 날이 있기는 있었을 테지만 기억은 나지 않는다. 자포자기의 상태로, 가족을 학대하는 것으로 자신을 학대하는 것이 아버지가 당신의 목숨을 유지한 유일한 버팀목이 아니었는지 모르겠다.

형이 사법고시에 합격하고 법조인의 길을 걸어갔더라면 아버지의 인생 후반기도 '폭력과 광기의 나날'이 되지는 않았을 것이다. 하지만 경찰관 20년 동안 누적한 바람과 회한을 일거에 풀어줄 줄 알았던 장남의 배반(?)은 아버지의 삶을 일그러뜨리고 말았다. 그런 아버지를 나는 원망만 하고 있을 수 없어서 1989년 신춘문예 소설 당선작부터 근 10년 동안 한 해에 꼭 한 편씩의 소설을 썼다. 무조건 아버지가 나오는 소설이었다. 소설집과 시집 『뼈아

픈 별을 찾아서』는 아버지를 향한 내 나름의 눈물겨운 이해의 제
스처였다.

　머리카락이 희끗희끗해지고 가운데 머리가 빠지기 시작한 내
모습이 아버지의 모습과 흡사해지고 있다고 느낀 것은 내가 결혼
을 하고 아이를 낳아 키우면서부터일 것이다. 시집『생명에서 물
건으로』에는 '아버지―아들에게' 라는 제목의 시가 나온다. 아버
지로서 아들에게 주는 시다. 감히 말하건대, 나는 이 시를 씀으로
써 아버지를 용서할 수 있었다. 일흔이 다 된 아버지를 증오하는
것에도 지쳤다고 할까, 이 시를 기점으로 조금씩 연민의 정을 갖
고 아버지를 바라보게 되었다. 병상의 아버지는 그야말로 노인네
였다. 의식이 있던 한 달 반 동안 나는 아버지와 그 어느 때보다
많은 시간을 함께 보냈고 가장 많은 대화를 나누었다. 침상 옆 간
이침대에 형과 하루씩 교대로 자면서 기동을 못 하는 아버지의 수
발을 들어드렸다.

　2인 병실에서였다. 하루는 무슨 억하심정이 들었던 걸까, 왜
아버지는 처자식한테 한평생 그렇게 몰인정하게 굴었냐고 볼멘
소리로 항의하였다. 왜 아버지는 어머니 돌아가신 뒤부터 식품업
체를 통해 국과 반찬 및 각종 건강식품과 간식거리를 4년 동안 보
내드린 작은며느리한테 고맙다는 말 한마디 하지 않고 있냐고 따

져 물었다. 왜 당신 딸이 성인이 된 이후 지금까지 정신병원에서
생을 보내고 있는지, 그 이유를 알고 있냐고 흐느껴 울면서 여쭤
보았다. 아버지는 한참 동안 침묵하다가 기어들어가는 목소리로
말씀하셨다.

"말하지 않아도 내 마음을 네가 알 거라 생각했었다. 나는 어
릴 때부터 누구한테서도 사랑을 받아보지 못했다. 그래서 사랑을
베풀 줄을 몰랐던 것이다."

맞는 말씀이었다. 사랑의 실천. 이것은 말로는 쉬운 것 같지만
시행하기는 참으로 어려운 것이다. 아버지가 이 세상에서 제일
불쌍한 사람으로 여겨진 것은 어머니가 돌아가신 뒤부터였다. 걸
핏하면 불호령을 내리고 물건을 집어던지는 행위로 가부장의 위
엄을 보이려고 한 아버지는, 하루아침에 날개 꺾인 새가 되고 말
았다.

어머니 장례식 치르고 돌아온 날

한평생 손수 밥 한 끼 차려본 적 없는 아버지에게
전기밥솥 사용법을 가르쳐드린다
―아버지, 쌀을 이렇게 씻어서

물 요만큼만 넣고 뚜껑 닫고

이걸 누르시면 됩니다

시간이 되면 밥 다 되었다고

알람이 알려줍니다

밥을 퍼 드시면 돼요

집에 들어오니 벽에 걸린 어머니 옷에서

체취가 풍겨온다

한평생 손수 옷 한 번 빨아 입어본 적 없는 아버지에게

전기세탁기 사용법을 가르쳐드린다

—아버지, 옷을 이렇게 넣어서

가루비누 요만큼만 넣고 뚜껑을 닫고

이걸 누르시면 됩니다

시간이 되면 빨래 다 되었다고

알람이 알려줍니다

빨래를 꺼내 널면 돼요

—자주 내려올 게요 아버지

어머니가 안 계신 집에서

울 아버지 홀로 살아가게 되었다

아니, 전기밥솥, 전기세탁기, 진공청소기, 냉장고, 텔레비전

칭얼거리는 가전제품들을 돌보며

더불어 살아가게 되었다

―「가전제품은 모두 소리를 낸다」 전문

　모두 실화이다. 아버지는 시집 안 간 딸자식이 해주는 밥을 먹게 된 것이 아니라 병상의 딸에게 밥을 해 먹이는 처지가 되고 만 것이다. 국과 반찬은 식품업체에 돈을 부치면 택배로 배달을 해주었고, 진공 포장된 국과 반찬을 데우기만 하면 되었다. 하지만 밥을 하는 것은 아버지가 해야 될 일이었다.

　그토록 건강하던 아버지에게 병마가 찾아왔다. 바로 림프종 암이었다. 병원과 요양병원을 두 달여 오갔다. 병상의 아버지가 얄미울 때도 있었다. 아버지는 친구한테서 휴대폰으로 전화가 오면 큰소리를 쳤다.

　"우리는 육이오 때 사선을 넘은 역전의 용사 아이가. 이까짓 병 못 이길 게 뭐 있노."

"짜식, 문병 안 오나. 출세해서 서울서 살면 다가."

앞서도 말했지만 아버지는 6 · 25 때 훈련소 교관을 했고 전쟁 중에 경찰에 투신, 20년 가까운 세월 동안 경찰관을 했다. 경위가 된 이후 아무리 기다려도 승진이 안 되자 무작정 사표를 냈다. 근무 성적이 누구보다 좋았음에도 잦은 전근에, 벽지 근무에, 박봉에……. 정기 승진 시점에 '돈 있고 백 있는' 다른 이가 승진을 하거나 도회지로 발령을 받으면 울분을 참기 어려웠을 것이다. 경찰전문학교 출신 친구 중에는 고속 승진을 하는 이도 있었다.

　　　술에 취하면 아버지는

　　　"줄 잘못 서 내 인생 요 모양 요 꼴이 됐다."

　　　소리치곤 했다

　　　이승만 정권 때 이승만 줄에 서지 못했고

　　　박정희 정권 때 박정희 줄에 서지 못했고

　　　전두환 정권 때 전두환 줄에 서지 못했다

　　　아버지 인생은 늘 줄 끊어진 가오리연이었다

　　　어느 인생인들 외줄타기가 아니랴

　　　노름빚에 줄줄 새는 가계

딸 때가 있기는 있었을까

잃어도 따도 술에 취해 들어온 아버지는

학용품 한 번 사준 적이 없었다

밤의 병실에서 아버지는

페톨 헤파티쿠스

똥냄새보다 지독한 악취를 풍기며 드러누워 있다

시체 썩는 냄새가 이 냄새보다 지독하랴

벽시계 초침소리가 귀청 때리는 밤의 병실

이렇게 많은 줄 중에서

한 개의 줄만 떼어놓고 기다리면

아버지와 나 사이의 줄

끊으려야 끊을 수 없는 줄을

끊을 수 있을 텐데

부자간 인연을 가능케 한 이 부자지를

끊을 수 없나

냄새 빠져나가지 않는 병실에서

아버지 잠시 코 골고 있다 꿈을 꾸시나?

아, 한 개의 줄만 떼어 놓고 있으면

날이 새면 아버지를 모로 뉘고

또 관장을 시도해보자

항문에 줄(직장튜브)을 쭈욱 밀어넣으면

걸쭉한 관장액이 긴 줄을 따라

대장 속으로 천천히 밀려들어갈 테지

— 「줄」 전문

아버지는 생전에 도박을 해본 적이 없으신데 이 시에서는 노름을 좋아한 이로 그렸다. 이 또한 불효이리라. 어떻든 나 또한 대체로 이런 몰골로 임종을 맞이할 것이다. 부모님이 암으로 돌아가셨으니 나도 십중팔구 암으로 죽을 것이라고 생각한다. 간도 안 좋은데 술을 종종 마신다.

아버지는 큰아들 때문에 행복하였고 큰아들 때문에 불행했을까? 형을 정말 좋아하고 어려워했다. 형이 집에 있으면 아버지는 고함도 잘 치지 않았다. 물론 술에 취해 들어오지도 않았다. 형이 방학 때 김천에 일주일만 있어도 대구로 보냈다. 동생들하고 그렇게 놀고 있으면 공부는 언제 하느냐는 것이었다.

간혹 술에 취해 들어오면 '공수래공수거!'를 계속 부르짖었다. 이래저래 한이 많아서 눈을 감을 수 없었을 것이다. 면회 가서 동생에게 아버지 부고를 전하자 딱 한마디 했다. "아버지 불쌍하다." 아버지를 여읜 이후에 시를 여러 편 썼다. 아래는 그 가운데 한 편이다.

화장터 불길 속으로 사라진 아버지

불태울 유품과 남길 유품을 고른다
사진첩은 태우고 돋보기는 간직한다

장롱 서랍을 여니 와락 덮치는 아버지 냄새
노인네 속옷을 누구에게 주나 다 태워버리자
걸인에게 줘도 안 입을 낡은 팬티와 낡은 러닝
아 이렇게 구멍이 날 때까지 입으셨구나

장롱 구석에 보자기로 싼 것은
낡디낡은 내복 한 벌

첫 월급으로 사드린 겨울 내복 한 벌

지금까지도 간직하고 계셨다니

평생을 두고 내가 미워했던 아버지

이 내복 도대체 몇 날을 입으셨나

태울 수 없어 아버지를 부둥켜안는다

— 「아버지의 낡은 내복」 전문

자신의 나약함을 부정하고 싶었을 것이다. 현실의 불가항력을 거부하고 싶었을 것이다. 아버지의 생이 실패로 점철되지 않았더라면, 형이 한을 풀어드렸더라면 결코 폭력과 광기의 나날을 보내지 않았을 것이다. 내 인생의 두 가지 화두, 폭력과 광기. 나는 요즈음 시집 『폭력과 광기의 나날 2』를 준비하고 있다. 아버지가 환하게 웃는 모습이 오늘 참말로 보고 싶다.

이
승
하

1984년 《중앙일보》 신춘문예로 등단하였으며, 시집으로 『인간의 마을에 밤이 온다』, 『천상의 바람, 지상의 길』, 『불의 설법』 등이 있고, 평론집으로 『세계를 매혹시킨 불멸의 시인들』, 『집 떠난 이들의 노래』 등이 있다. 대한민국문학상, 지훈상, 시와시학상 등을 수상했고, 현재 중앙대 문예창작학과 교수로 있다.

• 이영주

사물의 촉감

그때 아버지의 피 흘리는 고독은 뭐라고 이름을 붙여야 하나. 가장 가까운 곳에 가장 가까운 사람들이 있지만, 가장 잔인하고 차갑게 느껴지는 고통을 뭐라 설명해야 하나. 열심히 살아보려고 하는데, 계속해서 무너지고 마는 그 시간들을 무엇이라 기억해야 하나.

사|
물|
의|
촉|
감|

어느 순간부터 거대한 벽 하나에 싹이 트기
시작했다. 잎사귀 하나가 모서리에서부터 천천히 올라와 푸른 무
늬를 만들어내고 있다.

나는 거칠게 갈라진 벽 틈에서 긴 호흡 하나가 흘러나오는 소
리를 듣는다. 환청인 것일까? 벽이 숨을 쉬고 있는 듯한 느낌.

아버지는 벽에 기댄 등을 다시 돌린 후 어지러운 꿈속으로 들
어간다.

피가 돌지 않아.

아버지는 가끔 혼잣말로 중얼거린다.

오른쪽 다리를 주무르며 자기 자신에게 말을 걸고 있다.

이 다리는 피가 돌지 않아.

먼 곳에서 들리는 주문처럼 그 말은 아득하다.

잊히지 않는 장면이 있다. 베이지색 양복을 맵시 있게 차려 입고 아버지가 은색 슈트케이스를 들고 손을 흔들던 모습. 나는 어머니 품에 안긴 채 아파트 입구에서 활짝 웃으며 손을 흔든다.

나를 안은 두 팔에 더욱 힘을 주며 어머니는 조금씩 눈물을 훔친다. 아버지는 몇 번이고 뒤돌아본다. 사각의 슈트케이스 위로 뜨거운 햇빛이 떨어진다. 섬광 같은 빛이 순간 내 눈을 찌른다. 어머니는 왜 울고 있지?

아버지는 사막에서 찍은 사진들을 우편으로 부쳐왔다. 검게 그을린 젊은 사내가 흰 이를 드러내며 건강한 미소를 띠고 있다. 군살이라고는 하나도 없는 허리춤에 손을 얹고서. 이상하게 사진 속의 사내는 아버지가 아닌 것처럼 보인다.

그는 사막에 있지만 이국을 떠도는 여행자의 얼굴은 아니다. 그러나 사막에서 사는 종족의 얼굴도 아니다. 이도 저도 아닌, 어딘가에 유배된 사람. 하지만 그곳에서 씩씩하게 자기 일을 해내는 사람.

누구인가,보다는 무엇을 하고 있을까,가 더 궁금해지는 존재. 그래서 누구인지는 결국 알 수 없는. 그렇게 규정할 수 없는 쓸쓸함이 서려 있고, 그는 나의 아버지가 아닌 것처럼 보인다.

놀이터 정글짐에 올라타며 야생 고양이처럼 놀던 어느 날, 슈트케이스를 들고 베이지색 양복을 입은 한 남자가 내 이름을 불렀다. 나는 그의 얼굴보다 섬광 같은 슈트케이스의 은빛을 다시 떠올렸다.

아빠!

한달음에 달려가 순식간에 아버지 품에 안기자 뜨겁고 습한, 강한 향이 훅 끼쳐들었다. 사막에서 가져온 냄새인가? 모래의 냄새인가? 나는 이질적인 향에 어지러움을 느끼며 그의 품에서 떨어져 나왔다. 그는 나의 아버지인데…… 낯설고 더없이 먼 곳처럼 비실재적이었다.

천일야화의 고향에서 아버지가 돌아왔다.

사우디아라비아에서 건설노동자로 지내다 돌아온 아버지. 슈트케이스 안에는 선물이 잔뜩 들어 있었다. 이것저것 신기한 물건들 중 아직까지 나에게 남아 있는 것은 독일제 연필 세트. 연필 세트에는 긴 지우개도 들어 있었는데, 태어나서 처음 보는 물건이었다. 연필심이 있는 부분에 지우개 고무가 달려 있고 끝부분에는 빗자루 같은 것이 달려 있는.

잘못 쓴 글씨를 지우고, 가루는 끝부분에 붙은 솔로 쓸어낸다는 이 첨단 기능은 나를 흥분시켰다. 지우개 고무가 닳을까, 솔이 망가질까 나는 전전긍긍하며 이 진기한 물건을 조심스럽게 갖고 놀았다.

알림장 노트에는 문장이 될 수도 없는 파편화된 단어들이 쓰였다가 지워졌다.

단어를 지우기 위해 단어가 쓰이고, 지워진 가루들을 쓸어내기 위해 단어가 쓰였다.

단어가 지워지면 나는 다시 무엇인가를 떠올렸다.

지우기 위해 떠올리는 단어들은 나의 새로운 비밀놀이가 되었다.

나는 삼십 년 가까이 이 연필 세트를 가지고 있다. 이곳저곳 수없이 이사를 다니며 공간을 옮겼지만, 이 연필과 지우개는 그때의 모습 그대로 서랍 안에 담겨 있다. 나는 남은 두 통의 세트를 사용하지 않고 가끔씩 꺼내어 쓰다듬어 보곤 한다.

사물의 촉감.

모든 향이 사라지고, 내 안에서만 번져가는 아주 오래된 이국의 향이 담긴.

사물의 부드러움.

아버지는 내가 시인이 된다고 했을 때, 침묵을 지켰다. 잠깐이었지만, 모든 시간이 미끄러지는 것만 같았다. 나는 고개를 들어 아버지 턱 언저리에 시선을 고정시키고 있었다. 그 결계를 깨트린 것은 어머니였는데, 사람이 하고 싶은 것을 하며 살아야만 제대로 된 삶이다,라는 문장을 던졌다. 애써 힘주어 말하는 것으로 순간의 어색함을 상쇄시킨 것이다.

아버지는 동의했다. 하고 싶은 것을 하며 살아야 한다. 다시금 또박또박, 어머니에게 이어받은 그 문장을 내게 던졌다. 대신, 절대 후회하면 안 된다,라는 덧붙임.

중동에서 돌아올 때는 독일제 연필 세트를 사오고, 초등학교 4학년이 되자 나무펜촉과 펜글씨 교본을 사오고, 계몽사 문학전집

세트를 집안에 들이면서 아버지는 내가 어떤 꿈을 꾸기를 바랐을까. 형제 하나 없이 무남독녀로 자라면서 친구라고는 책밖에 없었던 내가 어떤 사람이 되기를 바랐을까.

나의 이십 대에 제일 많이 들었던 이야기는 '종이밥은 절대 먹지 마라' 라는 아버지의 명언(?)이다. 아버지는 노래처럼 그 명언을 반복했다. 나는 어쩐지 그 말을 들을 때마다 책장을 찢어 뜯어먹는 괴물을 떠올렸다. 책장을 먹으면 먹을수록 더욱 허기가 지는 이상한 괴물이었다.

괴물은 슬프고, 배고프다. 아무리 책장을 뜯어먹어도 소용없는 허기. 허기는 점점 더 심해지고 책은 점점 더 얇아지고 괴물은 점점 더 말라가는.

아마 아버지는 예상했을지도 모른다. 내가 어찌되었든 책과 관련된 인생을 살게 되리라는 것을.

****

아버지는 여러 가지 일들을 거쳐 어느 시골 마을에 자리를 잡았다. 자라 양식장이라는 조금 특이한 사업을 시작했다.

시골에 와서 나는 얼마나 많은 수증기를 보았는지 모른다. 양식장에서 끓어오르는 수증기 때문에 물속의 자라들을 보지 못하고 돌아서면서도 나는 매일 양식장 비닐하우스 안으로 들어가 보곤 했다.

자라들은 물속에서 어떻게 엉켜 있는 것일까. 수증기와 불투명한 물의 색깔 때문에 들여다볼 수가 없어 나는 자꾸만 조바심이 났다. 사람의 기척만 들려도 갑각질의 등 속으로 머리와 팔다리를 숨긴다는 겁 많은 동물.

내 삶의 일부분으로 그들이 끼어들기 전까지 나는 그들의 생리를 알지 못했고 알고 싶지도 않았다. 그저 어느 책에서 읽은 대로 겁이 많고 성격이 까다롭다는 것을 확인하고 싶었다. 견고한 등을 가지고 있으면서, 그 안에 노출되는 부분을 다 숨길 수 있으면서 왜 겁이 많은 것일까.

나는 숨길 수 있는 나만의 등판도 없었다.

어느 날, 멀리서 망원경을 들여다본 후 나는 그들의 성격을 이해할 수 있었다. 주위에 자신들을 해칠 아무 생물체도 존재하지 않는다는 것을 확인한 몇몇 자라들이 검고 긴 목을 빼고 물 위에 떠 있는 나무토막 위로 민둥머리를 올려놓고 있었던 것이다.

구슬을 올려놓으면 미끄러져 버릴 것 같은, 완벽하게 노출된 저 머리로 무엇을 대적할 수 있단 말인가. 갑각질의 등은 그들의 영혼까지 보호할 수 있어야 했다.

주말이나 방학이 되면 아버지와 어머니가 사는 소읍을 다녀가곤 했다.

이 읍의 시내에서 내가 유일하게 알고 있는 곳은 시외 터미널이다. 그 앞에서 진을 치고 서 있는 낡은 택시들, 우묵한 얼굴의 운전기사들, TV를 보느라 이따금 손님을 놓치는 매점의 아줌마들, 어두컴컴한 화장실에서 바지를 추스르며 나오는 노인들, 유행을 흉내 내려다 더 어설퍼진 스타일의 젊은이들.

나는 그들에게 아무런 동질감도 느끼지 못한다. 낮에도 늘 어스름이 깔려 있는 터미널 안에서 재빨리 빠져나와 아버지의 집으로 가는 목적이 상기될 뿐이다. 처음부터 그랬지만 나는 이 소읍과는 평생토록 상관없는 사람이리라 믿었다.

아버지의 집에 도착하면 나는 제일 먼저 양식장을 둘러본다. 대형 수동 보일러 안에 장작을 패서 적당히 온도를 맞춘 양식장 안은 습하고 비릿한 냄새가 났다. 물결이 일고, 아무런 생물체도 모습을 드러내지 않는다. 가슴을 쥐어오는 냄새와 습한 기운, 작은 파문이 일어나는 수면의 무늬…… 그런 것들이 내 눈시울을 뜨겁게 한다.

한동안 이런 저런 문제들이 터졌다. 아마 새로운 곳에 정착하려는 자의 이상한 재난 같은 것이리라. 땅을 골라내고 자리를 다지자마자 바로 터진 수해는 아버지에게 비닐하우스 양식장을 앞당겨 짓게 만들었다. 더 이상 무너질 것도 없는 아버지의 터전을 폭우는 끝까지 무너뜨렸다.

내 삶은 실패했다. 이 짧은 문장은 아버지의 장부 곳곳에서 꿈틀거렸다.

나는 더 이상 아버지의 장부를 훔쳐보지 않았다.

그때 아버지의 피 흘리는 고독은 뭐라고 이름을 붙여야 하나. 가장 가까운 곳에 가장 가까운 사람들이 있지만, 가장 잔인하고 차갑게 느껴지는 고통을 뭐라 설명해야 하나. 열심히 살아보려고 하는데, 계속해서 무너지고 마는 그 시간들을 무엇이라 기억해야 하나.

아마도 아버지는 그 어떤 재해도 자신의 마음 같지는 않으리라고 생각했을 것이다. 그 어떤 폐허도 자신의 파괴된 마음을 따라올 수 없을 것이라 생각했을 것이다.

IMF라는 사태로 한번 바닥에 곤두박질치고, 터전을 옮겨서 새로운 것을 해보려고 했는데…… 새로운 것들은 언제나 호락호락하게 찾아오지 않는 법. 실패가 또 실패를 낳고, 세상의 끝으로 밀려나서 더 이상은 갈 곳이 없는 심정. 이곳이 아닌 다른 곳이 있다면, 다른 곳으로 가버리고 싶은 마음들.

그렇게 거듭된 실패는 수많은 아버지들을 끔찍한 짐승으로 만들었을 것이리라.

세상에서 사라지는 기분으로 막차 안에는

빈 의자들

철근 구조물 밑에 우리는 발을 묻었다

아무도 내리지 않는 역에서

창문에 손바닥을 붙이고 얼굴을 만진다

나는 어느 새 이렇게 한쪽 턱만 자랐구나

이곳에 와서 왜 울고 있지?

공사 중인 건물 밖으로 해진 무릎 하나가 솟아 나와 있다

어둠속에 웅크리고 있으면 안심이 된다 어둠은 덩어리 끝없이
자라고

우리는 밤이면 늘어나는 나이를 손에 꼭 쥐고 있다

달릴 수가 없는 발

의자 밑에 다리를 구겨 넣고 빛을 피할 수 있는 방법에 대해

이 세상 밖으로 던져진 수요일

마지막에 덮게 될 담요에 대해

사라지는 순간 막차에는

비어 있는 신발들

잠이 들면

발의 밖으로 가고 싶은

— 「우리는 발을 묻었다」 전문

아버지와 나는 손을 자주 잡는다.
아버지는 갑각류처럼 점점 손이 딱딱해져 간다.
함께 TV를 시청할 때면 아버지 발 옆에 내 발을 가져다 대본다.
차갑다.
온기가 없다.

아버지와 어머니. 소읍에서 살아가고 있다. 소읍에 내려가서
도시에서만큼 어지러운 일들을 다 겪어내고, 이제는 조금씩 마음

의 안정을 찾으며 살아가신다. 하지만 삶의 터전은 도시나 시골이나 치열하고 고통스러운 것은 마찬가지다.

논두렁에 쓰러진 후 3일 동안 아무도 발견하지 못해 돌아가신 소읍의 어른 이야기를 듣고, 나는 심장이 멎는 것만 같았다. 인적이 드문 시골 동네는 사건이 일어나도 도움을 청하기가 어렵다는 것.

어머니가 고추 바구니를 머리에 이고 내려오다가 발을 헛디뎌 굴러떨어졌을 때, 다행히 가벼운 타박상만 입었지만 아무도 그 사실을 알지 못했을 때, 아버지가 자라 농장 안에서 쥐가 나서 응급 상황이 되었을 때, 다행히 곧 정상으로 회복되었지만, 여전히 아무도 그 사실을 알지 못했을 때……. 그 외 비슷한 수많은 사건 사고들……. 그런 일들을 뒤늦게 전해 듣고서 나는 심장이 쿵 내려앉아 다시는 제 자리로 돌아오지 않을 것만 같았다.

작은 원룸에 도둑이 들어서 한동안 공포감에 시달렸던 나는 혼자 그 시간들을 견뎠다. 때로 아버지의 울음 섞인 목소리를 수화기 너머로 들었다. 곁에 있어주지 못해서 미안하다. 우리에게는 각자 자신의 공간에서 혼자 힘으로 씩씩하게 견뎌야만 하는 시간이 있다.

아버지의 목소리를 들으면서, 나는 독일제 연필 세트를 쓰다듬 곤 했다. 사물의 촉감. 그것은 아버지의 손을 잡을 때 느껴지는 마음의 온기와 같았다.

우리에게는 함께 살아온 시간보다 떨어져 살아갈 시간이 더 많이 남아 있다. 그러나 누구와인들 함께 살아갈 시간이 홀로 남은 시간보다 더 많을 수 있을까.

공간을 함께 쓴다는 것이 함께 살아간다는 것은 아닐지도. 함께 살아간다는 것은 무엇일까. 심리적인 공동체라는 것은.

결정적인 순간에 떠오르는 그 이름들은.

도시는 무관심과 익명성에 가려져 죽음의 징후가 곳곳에 도사리고 있다면, 시골은 인적이 드물어서 위험에 빠졌을 때 상상하기 어려운 사고들이 비일비재하게 일어난다고 한다. 어딜 가나 삶에는 죽음이 따라 붙는 법이다. 죽음에는 삶의 빛이 있듯이.

아버지의 육체는 노화의 길을 가고 있다. 허리 연골이 다 닳아서 수술을 한 후 오른쪽 다리는 피가 돌지 않는다. 걸을 때마다 조금씩 절고, 앉을 때는 무릎을 구부리지 못한다. 언젠가부터 안경을 쓰고, 팔뚝의 큰 근육이 잔 근육으로 바뀌었다. 어깨는 딱딱하고 손과 발은 포크레인 삽날처럼 거칠고 단단하다.

한밤이면 자신도 모르는 비명이 조금씩 새어나온다.

상처 입은 늙은 사자. 고통으로 가득한 왕국의 늙은 왕.

　　피가 돌지 않는 다리를 쓰다듬었습니다
　　손끝으로 번져오는 뜨거운 온기
　　이것은 내 온도일까요 증발해버린 어떤 피의 마지막 지점일까요

　　고대의 철학자는 하늘을 둘로 나누었습니다
　　달 아래의 세계에서는 무엇인가 자라고 죽음의 세계에서도 무엇인가 자랍니다
　　그의 피는 점점 다리에서 벗어나 땅속으로 스며듭니다

　　먼 길을 떠난 적도 없는데
　　달 아래에서 그저 열심히 모든 시간을 바쳐 자랄 뿐이었는데

엎드려 잠든 밤

나는 피가 돌지 않아 자라기를 멈춘

딱딱한 물체를 주무릅니다 이 다리 안에서는 이제

무엇이 흐를까요 빛은 소멸하는 별 때문에 찾아온다고 합니다

그가 폭발하는 시간이 되면

죽음의 세계에서도 빛이 자랄까요

우리는 이쪽 하늘과 저쪽 하늘에서도 그저 자라는 것뿐일까요

— 「엎드려서」 전문

아버지는 또 다시 무엇인가를 구상 중이다. 평범하고 안온한 일상을 유지하며 조용히 시간을 견디는 일에는 좀이 쑤시는 스타일이다. 자기 자신을 믿고, 자신의 남은 삶을 믿고, 아직도 자신에게 주어진 어떤 행운이 찾아온다고 믿는다.

모두가 걱정한다. 아버지의 스케일을 알기 때문이다. 나는 걱정하지 않는다. 어떤 일을 시도하면서 설레는 일이야말로 젊은 왕이 할 수 있는 것이 아닌가? 늙었지만 젊은 왕.

내가 시를 쓰려고 할 때 나를 믿어준 것처럼, 나도 늙었지만 젊은 왕을 믿는다. 아버지의 남은 삶이 설렘으로 가득하다면 그것이야말로 아버지에게 축복이 아닌가. 그리고 우리 모두에게도.

은색 슈트케이스 모서리에 비친 햇빛이 섬광처럼 나를 찌르던 순간.

그 순간을 잊지 못한다.

아버지는 현실의 구덩이를 천천히 벗어나려는 사람이 아니다.

아버지는 현실에 유배된 사람.

하지만 깊은 구덩이를 파헤쳐 씩씩하게 앞으로 나아가는 사람.

그렇게 이 현실을 벗어나려는 사람이다.

아버지는 장부에 실패,라는 단어를 남겼지만 나는 그 단어가
곧 지워질 것임을 안다. 삶에는 실패가 없다. 삶에는 성공도 없다.
삶에는, 사랑이 있는 것이다.

나는 그의 행적을 기록하고, 나는 그와 같은 수많은 아버지들
의 행적을 기록하고, 나는 곧 지워질 언어들을 쓴다.

이
영주

1974년 서울 출생. 2000년 《문학동네》로 등단하였으며, 시집으로 『108번
째 사내』, 『언니에게』, 『차가운 사탕들』이 있다. 명지대 문예창작학과 박사
과정을 수료했다.

• 이재무

아버지에 대한
두 개의 이야기

아버지는 감정이 풍부한 분이셨다. 워낙 배움과는 거리가 멀게 살아와서 그렇지 제대로 배움의 길로 들어섰다면 아마도 예능 쪽으로 재능을 발휘하며 살지 않았을까 할 정도로 사물과 세계에 대해 예민한 감정과 예지를 보이곤 하셨다.

병들었는데 환부가 없다

아버지를 떠올리면 횡경막 근처로 회한의 피가 몰려오는 듯 가슴 위아래가 까닭 없이 묵직해지고 답답해진다. 살아서는 부자간 살붙이로서의 따뜻한 정을 교감하지 못했던 아버지. 자식들에게 언제나 잔정 없이 무뚝뚝하게 대해왔던 아버지. 일자무식에다가 술주정이 심하고 걸핏하면 어머니와 자식들에게 폭력을 휘둘렀던 아버지. 그저 무섭기만 해서 가급적 그 언저리에도 가고 싶지 않았던 아버지. 무능하고 고지식해서 오직 당신의 육체만을 생계의 수단으로 삼아야 했던 아버지. 세상의 변화에 둔감하여 향년 59세로 한 많은, 우여곡절과 파란만장과 요철의 생을 마감할 때까지 태어나 자란 곳을 벗어나지 못했던 아버지. 어머니 돌아가신 이후 간경화와 폐병 등의 합병증에 시달리느라 그 좋아하던 술과 담배도 제대로 즐기지 못하셨던 아버지. 아아, 아버지! 내게 가난과 다혈질을 유산으로 물려주신 아버지! 애증과 연민의 대상이신 아버지! 온몸을 필기도구 삼아 뜨겁게, 미완의 두꺼운 책을 쓰다 가신 아버지! 당신을 어찌 회한 없이 돌아볼 수 있겠는가. 당신이 주신 빈곤과 무능과 열정을 오브제로 삼아 나는 문단 말석에 시인이라는 알량하나마 명패를 등재하게 되었으니 이 어찌 감사할 일이 아니겠는가!

내 또래 논두렁 출신들의 대개가 그렇겠지만 나 역시도 어릴 적 아버지는 그저 외경의 대상일 뿐이었다. 그림자도 함부로 밟아서는 안 되는, 그런 거인 같은 존재. 나는 그런 아버지가 낯설고 무섭고 싫었다. 그래서 될 수 있으면 아버지를 피해 눈에 띄지 않으려 했다. 술 마시고 밤늦게 돌아와 어머니가 차려 놓은 밥상을 마당에 함부로 내던지는 아버지가 끔찍하게 싫었고 일밖에 모르고 살아온, 죄 없는 어머니를 무자비하게 패대는 아버지가 짐승처럼 징그러웠다.

술에 취한 아버지는 미치광이 같았다. 함부로 욕설하고 주먹을 휘두를 때는 마귀가 따로 없었다. 그렇게 광기를 부리고 난 아침이면 순한 가축으로 돌아가 자신이 팽개쳐 부서진 상다리에 못질하고 아교를 붙이는 아버지를 나는 이해하기 힘들었다. 내가 은근히 사모하는 이웃 마을 숙이가 이 장면을 목도할까 봐 어린 맘에도 얼마나 전전긍긍하며 노심초사하였던가.

아버지를 생각하면 몇 개의 인상적인 장면이 떠오른다. 폭염이 기승을 부리던 여름날 오후 서너 시쯤 되었을까. 집에서 오 리쯤 떨어진 저수지 너머의 산밭에서 자라고 있는 끈적끈적한 담배 잎사귀를 따 지게에 한가득 싣고 비탈길을 아슬아슬하게 내려오던 아버지의 모습이 눈에 밟혀오는 것이다. 그날은 여느 날과 다름없이 동네 또래들과 어울려 동네 저수지에서 미역을 감는 중이었는데 한참 개구리헤엄과 송장헤엄을 번갈아 치다가 둑으로 나와서 젖은 몸을 햇볕에 말릴 때였다. 멀리서 위태롭게 걸어오시는 아버지를 보고는 나는 흠칫 놀라서 멍하니 입을 벌리고 있었다. 그때 나는 아버지라는 존재가 그리 위대한 거인이 아니라 마냥 작고 초라한 촌부에 지나지 않는다는 것을 예감처럼 알아차리고 있었다. 아, 저렇게 위태위태한 존재가 아버지였단 말인가. 아버지가 보여주던 그 모습은 집에서 식구 위에 군림하며 호령 치던 권

위로서의 모습이 아니었다. 그때 내 나이 아홉 살이었다. 그날 밤 누가 시키지도 않았는데 스스로, 담배 건조실 아궁이에 잘게 쪼개 뭉친 석탄을 넣고 있는 아버지 곁으로 가서 불 때는 일을 도운 것은 아마도 아버지에 대한 막연한 연민 때문이었으리라.

　다른 한 장면은 아버지가 우는 모습을 우연히 엿보게 되었을 때의 장면이다. 아주 늦은 밤 요기를 느껴 잠자리를 빠져나와 측간으로 가고 있을 때였다. 뒤꼍으로부터 아주 가늘게 흐느껴 우는 짐승의 소리가 들려왔다. 무섬증이 일었지만 호기심이 더 컸던 탓에 살금살금 다가가 굴뚝 뒤에 몸을 숨기고 바라보니 아버지가 장광에, 한 마리 웅크린 짐승처럼 앉아 안으로 느껴 울고 있었던 것이다. 무슨 연유인지 모르겠지만 서럽게 울고 있는 아버지를 보는 일은 아주 괴상망측하도록 낯설었다. 아아, 그날 밤 달빛은 어찌나 교교하던지 아버지 얼굴 주름 고랑을 타고 꼬질꼬질 흐르는 검은 눈물을 선명하게 보여주고 있었다. 그 장면을 통해 나는 아버지가 결코 위엄 있는 사내가 아니라 나약한 고독의 존재라는 것을 실감하였다. 아버지의 눈물은 뭐라 형용하기 힘든 감정을 내게 심어주었다. 나는 그때 어렴풋하게 깨달았던 것 같다. 내 인생은 나 스스로 책임져야 한다는 사실을. 내 나이 열세 살이었다. 훗날 나는 이때의 아버지를 떠올려 다음과 같은 졸시를 남겼다.

이사 온 아파트 베란다 앞 수령 50년 오동나무

저 굵은 줄기와 가지 속에는 얼마나 많은,

구성진 가락과 음표 들 살고 있을까

과묵한 얼굴을 하고 골똘히 생각에 잠겨 있는 그들

마주 대하고 있으면 들끓는 소음의 부유물 조용히 가라앉는다

기골이 장대한 데다 과묵한 그에게서 그러나 나는 참 많은 이
야기를 듣는다

그는 나도 모르는 전생과 후생에 대하여 말하기도 하는데

구업 짓지 말라는 것과 떠나온 것들에 대하여 연연해하지 말
것과

인과에는 반드시 응보가 따른다는 것을

옹알옹알 저만 알아듣는 소리로 조근거리며

솥뚜껑처럼 굵은 이파리들 아래로 무겁게 떨어뜨린다

동갑내기인 그가 나는 왜 까닭 없이 어렵고 두려운가

어느 날인가 바람이 몹시 심하게 불던 밤은

누군가 창문 흔드는 소리에 깨어 일어나보니

베란다 밖 그가 어울리지 않게 우람한 덩치를 크게 흔들어대
고 있었다

나는 그 옛날 무슨 말 못할 설운 까닭으로

달빛 스산한 밤 토방에 앉아 식구들 몰래 속으로 삼켜 울던 아
버지의 울음

훔쳐본 것처럼 당황스러워 애써 고개를 돌려 외면했는데

다음 날 아침 그는, 예의 아버지가 그랬듯이 시치미 딱 떼고 아무 일 없었다는 듯

무심한 표정으로 돌아가 데면데면 나를 대하는 것이었다

바깥에서 생활에 지고 돌아온 저녁 그가 또 손짓으로 나를 부른다

참 이상하다 벌써 골백번도 더 들은 말인데

그가 하는 말은 처음인 듯 새록새록,

김장 텃밭에 배추 쌓이듯 차곡차곡 귀에 들어와 앉는 것인지

불편한 속 거짓말처럼 가라앉는다

그의 몸속에 살고 있는 가락과 음표들 절로 흘러나와서

뭉쳐 딱딱해진 몸과 마음 구석구석 주물러주고 두들겨주기 때

문일 것이다

— 「말 없는 나무의 말」 전문

아버지의 십팔번은 '신라의 달밤' 이었다. 후백제 유민의 후예로 살아온 아버지가 왜 '백마강' 이라는 고향 노래를 놔두고 멀리 떨어진 신라 노래를 자신의 십팔번으로 삼았는지 모르겠다. 노래 실력은 그리 내세울 만한 게 못되었다. 어쩌다 읍내에 나가 친구분들과 술추렴을 하고 오시는 날은 차부에서 내려 집까지의 십리길을 걸어오고는 하였는데 엄니의 성화에 못 이겨 마중을 나갈작시면 저 멀리 신작로 끝으로 하나의 점이 다가오면서 하나의 흐릿한 윤곽을 드러내다가 이윽고는 사람의 모습으로 나타나고는 하였다. 나는 경험으로 작디작은 점이 아버지란 것을 금세 알아차릴 수 있었는데 예의 그 노랫소리 때문이었다. 새끼줄로 묶은 고등어 한 손을 건들건들 흔들어대면서 노래를 앞세워 비틀비틀 걸어오는 점. 언제나 노래가 먼저 아버지보다 길을 앞서고 있었던 것이다. '신라의 달밤' 가락이 비틀비틀 서너 발짝 먼저 걸어오면 아버지의 팔자걸음이 가락의 안내를 받아 따라오는 그 기이한 풍경이라니! 이러한 아버지의 귀가 풍경은 사시사철 가리지 않고 장날마다 펼쳐지는 것이었음에도 불구하고 나는 왜 이 장면을 늘 겨울이라는 계절과 함께 떠올리는지 모르겠다. 눈 쌓인 백지의 벌판을 가로질러 완만하게 활처럼 휘어지게 그어진 신작로를 따라 걸어오는 하나의 흐릿한 점이 시나브로 내게로 다가오면서 점차 또렷한 아버지 형상으로 전이되는 풍경이 강하게 뇌리에 각인되어 남아 있기 때문이리라. 겨울 눈 덮인 들판을 화선지 삼아 달빛이 그려내는 수묵화와 아버지의 옛 노래 가락은 묘한 앙상블을 이루어내고 있었다. 불쑥 나타난 나를 보고도 아버지는 별말이 없으셨다. 들고 온 고등어 한손을 내게 넘겨주는 것으로 아버지는 자식을 만난 느낌을 대신하였다.

앞서도 말했지만 아버지는 매우 다혈질이셨다. 한번 화가 나면 걷잡을 수 없이 감정을 표출하고는 하였다. 한마디로 감정의 제어장치가 고장 난 사람이었다. 아버지가 화가 났을 땐 무조건 피하는 게 상책이었다. 대신 뒤끝이 없으셨다. 그 성질머리에 뒤끝까지 있었더라면 식구들 누구도 제 명을 누리지 못했을 것이다. 아버지는 타협을 할 줄 모르는 외고집장이기도 하였다. 불의를 보면 길길이 날뛰는 성정을 지녔다. 그 때문에 이장 일을 보는 당숙과 싸움이 잦았다. 나는 그러는 아버지가 창피하였다. 그럴 때마다 아버지의 피를 이어받은 내 앞날이 걱정되기도 하였다. 피는 속일 수 없다지 않은가. 아버지를 반면교사로 삼자고 어금니를 깨물고는 하였다.

그러나 아버지는 매우 근면하고 성실한 농사꾼이셨다. 가난하여서 더욱 그랬겠지만 검소가 몸에 밴 생활을 하셨다. 술 마시는 것 외에 소비를 모르고 사셨다. 또 아무리 술에 만취한 날이라도 다음 날에는 새벽같이 일어나 일을 나가셨다. 그리고 누구보다 자식들의 교육에 관심이 많으셨다. 그 절대적 궁핍 속에서도 자식들의 교육을 위해서는 돈을 아끼지 않았다. 당신의 가난과 무능을 대물림하지 않겠다는 결연한 의지의 반영이었으리라.

내가 중학교에 들어가면서부터 아버지는 담배 농사 대신에 양송이버섯 농사를 지어 호구를 이어나갔다. 그런데 이 양송이버섯 농사가 여간 손이 많이 가는 게 아니었다. 온 식구가 달려들어야만 가까스로 가능한 일이었다. 거기다가 다른 농사와는 다르게 주의력을 엄청 요구하는 일이기도 하였다. 자칫 방심하면 병이 생겨 폐농하기 일쑤였다. 이른 새벽부터 늦은 밤까지 늘 세심한 관찰과 주의를 기울려야 하는 이 일 때문에 아버지와 어머니는 제대로 수면조차 누리지 못할 때가 많았다. 그렇게 노심초사하며 농사에 매달리는 아버지를 바라볼 때마다 죄를 짓는 느낌이었다. 아버지가 늘 안쓰럽고 불쌍해 보였다. 그러다가도 술에 취해 행패를 부리면 만정이 떨어졌다. 아무리 고되게 일해도 벗어날 길

없었던 천형 같은 가난이 아버지의 성정의 칼날을 더욱 날카롭게 벼렸으리라.

아버지는 만담꾼이셨다. 남을 웃기는 묘한 재주를 지니고 계셨다. 대학에 다닐 때 방학이 되면 나는 여행을 떠나는 친구들을 뒤로하고 집으로 돌아와 온몸이 시커멓게 타도록 버섯 일을 도와야 했다. 양송이 수확 철이 봄가을인 까닭에 여름과 겨울에 준비를 해야 했다. 일꾼들을 사서 짚을 사들여 썰고 닭기똥을 섞어 알맞게 썩혀 퇴비를 만들고 나서는 객토를 해야 하고 그런 다음 재배실에 입상하여 종균을 뿌리는 일련의 과정은 달포 가량 걸렸는데 여간 품이 드는 게 아니었다. 그런데 그 힘든 일의 과정 속에서 아버지는 어디서 주워들었는지 그 많은 우스갯소리를 풀어 놓아 일꾼들의 노고를 풀어주고는 하였다. 내가 들어도 정말 우스운 이야기가 많았다. 그 방면에 재질이 있는 분임에 틀림없었다.

또 아버지는 감정이 풍부한 분이셨다. 워낙 배움과는 거리가 멀게 살아와서 그렇지 제대로 배움의 길로 들어섰다면 아마도 예능 쪽으로 재능을 발휘하며 살지 않았을까 할 정도로 사물과 세계에 대해 예민한 감정과 예지를 보이곤 하셨다. 평소 자식들에게 무뚝뚝하게 대하는 아버지와는 다른 모습이었다.

나는 아버지의 말년을 잊지 못한다. 아버지는 어머니가 돌아가시고 나서 급격하게 무너지셨다. 그 당시 나는 대학을 졸업하고 취직이 되지 않아 집을 나와 동가숙서가식하며 살게 되었는데 어쩌다 집에 들를 때면 형편없이 균형을 잃어가는 아버지의 모습을 보게 되었다. 예전의 그 활달하던 기개를 잃고 풀이 죽은 노인으로 살아가고 있었던 것이다. 거기다가 아버지는 그즈음 병을 앓고 있었다. 그 좋아하던 술도 담배도 멀리하고 적막강산으로 하루하루를 기신기신 간신히 연명해가고 있었다. 그런 아버지를 보는 일은 참으로 괴로운 일이었다. 볼일이 끝나기가 바쁘게 없는 핑계도 지어내어 아버지를 피해 집을 빠져나왔다.

쉰다섯은 시름시름 앓기 시작한

아버지 나이. 엄니 돌아가신 뒤

두어 해 뒤꼍 그늘처럼 사시다가

인척과 이웃 청 못이기는 척

새어머니 들이시더니

생활도 음식도 간이 안 맞아

채 한 해도 해로 못하고 물리신 뒤로

흐릿한 눈에

그렁그렁 앞산 뒷산이나 담고 사시다가

예순을 한 해 앞두고 숟가락 놓으셨다

그런 무능한 아비가 싫어

담 바깥으로만 싸돌았는데

아, 빈 독에 어둠 같았을 적막

오늘에야 왜 이리 사무치는가

내 나이 쉰다섯, 음복이 쓰디쓰다

크게 병들었는데 환부가 없다

— 「추석」 전문

아버지는 어머니를 여의고 나서 그 다음다음 해 참척의 아픔을
겪어야 했다. 나와는 연년생이었던 동생이 오토바이를 타고 가다
가 샛길에서 도로 쪽으로 달려드는 경운기를 피하지 못해 그 자리
에서 즉사했다. 그때 동생 나이 서른이었고 약혼한 지 석 달이 지
날 때였다. 아버지는 병력이 깊어감에도 불구하고 기어코 술을
입에 다시 대기 시작하였다. 어쩌면 아버지는 그런 식으로 자살
을 감행했는지 모른다. 마지막까지 움켜쥐었던 삶의 끈을 놓고
대책 없이 생을 방기함으로써 스스로 죽음을 불러들였는지 모른
다. 아니다. 톨스토이의 「이반일리치의 죽음」에 나오는 진술에서
처럼 그토록 오랫동안 아버지 몸속에 유숙했던 죽음이 비로소 아
버지 육신을 떠났는지 모른다. 그렇다. 누구나 사는 동안 죽음을
산다. 우리는 살아가면서 동시에 죽어가는 것이다. 우리가 마침
내 육신을 땅 위에 눕힐 때 그토록 오래 몸과 함께했던 죽음도 홀
연히 떠나는 것이다. 그렇게 아버지는 죽음으로부터 놓여나 안식
의 세계로 들어서게 된 것이다.

어려서 나는 아버지가 자식들을 살갑게 대해주지 않은 것을 많

이도 원망했었다. 하지만 돌이켜보면 나 역시도 아버지에게 무정하게 대하여 왔던 게 사실이다. 내가 어른이 되었을 때 나라도 먼저 아버지에게 다가가 부자로서의 정을 나누었더라면 이렇게 늦은 밤 홀로 자작하며 회한에 젖은 채 아버지를 떠올리는 일은 없었을 텐데…… 생각하면 애석한 일이다. 왜 항상 회한은 돌이킬 수 없을 때에야 찾아오는 것인가!

아버지 너머 아버지는 없다

네다섯 살이었을 것이다. 식전 터질 듯 팽팽하게 차오른 오줌보를 비우기 위해 눈가에 덕지덕지 달라붙은 눈곱을 떼어내며 방문을 열고 마루로 막 나서고 있을 때였다. 마당 건너편 사랑채에서 묵직한 신음 소리가 새어나오고 있었다. 나는 귀를 의심하였다. 그것은 아버지가 내는 소리였다. 산사태 같은 불안과 공포가 밀려왔다. 흰자위를 희번덕거리며 나는 갑각류처럼 더듬더듬 사랑채로 가 문틈으로 문제의 현장을 엿보았다. 아, 그 무서운 아버지가 아랫도리를 걷어 올리고 윗말에 사는 집안의 할아버지에게서 매를 맞고 있었다. 충격이었다. 내 어린 영혼이 강풍을 만난 빨

래처럼 마구 펄럭이고 있었다. 아니, 아버지가 매를 맞다니! 어른
도 매를 맞을 수 있다니! 무슨 큰 잘못을 저질렀기에 저런 망신살
을 뻗치고 있는 것인가. 어린 마음에도 매 맞는 아버지가 도저히
이해되지 않았다. 지금까지도 나는 그 내막이나 사정을 모른다.
다만, 그날의 그 놀라운 장면만이 뇌리에 박혀 잊히지 않고 있을
뿐이다.

　그날 이후 나는 아버지에 대해 나도 모르게 불신의 마음을 키
워 왔는지 모른다. 물론 아버지는 당신의 아들이 그 현장을 목격
했다는 것을 모르고 돌아가셨다. 가장의 권위가 송두리째 바닥에
떨어진 이후 나는 은근히 아버지에 대한 존경심을 내 마음속에서
서서히 지워갔던 것이다. 그러나 돌이켜보면 그때의 아버지 나이
고작 스무 살 끝물이었고, 그 열혈 청년기에 누구라도 한 번쯤 치
명적인 실수가 있을 법한 일인데도 나는 가혹하게, 그런 아버지를
자꾸 내 삶의 영역 바깥으로 밀어내려 애써온 것 아닌가 하는 자
책감을 지울 수 없다. 그것은 어린 아들이, 실망을 안겨준 아버지
에게 줄 수 있는 유일한 형벌이었는지 모른다.

　아버지의 최종학력은 초등학교 중퇴다. 일자무식한 아버지는
중학교에 다니다가 시집온 어머니에게 느끼는 열등감을 폭언과
폭력으로 풀곤 하였다. 아버지는 할아버지를 일찍 여의었기 때문

에 열네 살에 가장이 되었다. 아버지 위로 고모 두 분 그리고 작은 아버지와 막내 이모가 있었다. 아버지가 가장이 되었을 때 고모 두 분은 이미 출가한 상태였다. 위로 홀로 되신 어머니와 철모르는 동생 둘을 책임지는 어린 가장의 삶이 얼마나 간난, 신산하였을까는 짐작하고도 남음이 있다. 요즘 말로 이른바 소년 가장이 된 것이다. 아버지는 만취하셨을 때 어린 자식들을 안방으로 불러들여 곧잘 신세한탄 늘어놓기를 즐겨하였는데 그것은 어릴 때 겪은 결핍과 부재라는 트라우마가 어른이 되어서도 사라지지 않고 굴절된 형태로 표현된 것이 아닌가 한다. 하지만 나와 동생들에게 그런 아버지의 감정의 배설은 정말이지 고역이 아닐 수 없었다.

"내가 말이다. 열네 살 어린 나이로 세대주 신고를 하기 위해 면사무소를 찾아갔을 때 말이다, 호적계 담당 직원이 도무지 그 사실을 믿어주지 않아 얼마나 애를 먹었는지 아냐?"로 시작하여 소금 장사하던 시절 지게에 소금을 지고 오다가 비 만난 이야기이며, 사변 때 치른 고생담이며, 못 배워서 당한 당신의 설움 보따리를 구구절절 풀어놓고는 하였던 것이다. 감각 잃은 무릎과 저린 어깨며 쥐 오른 다리가 투덜거리며 고통을 호소해 와도 차마 그걸 내색할 수는 없었다. 겪고 있는 불편은 아랑곳하지 않은 채 토씨 하나 틀리지 않고 되풀이해대는 이야기, 즉 우리가 하도 많이 들어 줄줄 꿰고 있는 당신의 뻔한 자전적 생애를 귀에 못이 박히도록 하는 것이어서 어떤 날 밤에는 소금 가마니를 지게로 지고 가다가 비를 만나는 꿈을 꿀 지경이었다. 그리고 마지막으로 "땅 열 길을 파 보아라, 거기 어디서 십 원 한 장이 나오나. 삭신 우려 번 돈으로 공부시키는 것이니 딴눈 팔아서는 안 되느니라."로 이야기를 마감하면서 호주머니를 뒤져 구겨진 지폐 몇 장을 꺼내 격려금으로 내주곤 하였다. 그러나 그 돈은 우리 몫이 아니었다. 얼마 후 우리를 따라 들어온 어머니가 "아버지가 주신 돈 나한테 맡겨라." 하시며 도로 걷어가 버렸던 것이다. 어머니에게 맡긴 돈이 돌아오는 경우는 없었다. 그런 일이 반복되다 보니 혹 두 분이 짜고 치는 화투가 아니었을까 하는 의구심을 지울 수 없었다.

아버지의 농사 채는 우리 아홉 식구가 겨우 풀칠하는 정도를 넘지 못했다. 논 다섯 마지기와 밭 2천 평 정도를 가지고는 호구 외에 다른 여유를 부릴 수가 없었던 것이다. 아버지와 어머니는 금슬이 좋은 편이 아니었으나 자식들 교육열에서만큼은 잉꼬 새처럼 일심동체였다. 우리 형제들이 그 절대적 가난 속에서도 학업을 계속할 수 있었던 것은 오르지 두 분의 그런 뜨거운 열망 때문이었다.

아버지는 거의 매일 술에 의존하여 사셨다. 그런 아버지가 나는 끔찍하게도 싫었다. 하루빨리 성장하여 몸속에, 언제 폭발할지 모르는 인화물질을 지니고 사는 아버지로부터 탈출하는 것만이 유일한 꿈이었다. 힘든 육체적 노동이 술을 부르고 술이 아버지 몸속에 숨어 사는 열등의식에 불을 질러댔던 것이다.

그러나 아버지는 노름을 하지는 않았다. 그것은 아버지의 고결한 품성에서 비롯된 것이기보다는 그럴 여력이 없어서였을 것이다. 아버지는 술에 취하면 곧잘 감상에 빠지기도 하였다. 노래를 부르며 혼자 흐느껴 울기도 하였다. 그러면서도 아버지는 뻔한 살림 형편에 곧잘 허풍을 떨었다. 공부만 잘하면 유학도 보내주겠다고 큰소리를 치기도 하였다. 한마디로 감정 기복이 심한 생활의 연속이었다. 그런 아버지였지만 어머니 말에 의하면 봇장 하나는 컸다. 그 가난 속에서도 명절날이거나 조상의 기일이 돌아오면 소 다리와 개 다리, 생선 궤짝을 들여와 우리 식구들을 깜짝 놀라게 하였다.

그러나 누가 지독한 가난을 이길 수 있겠는가. 어머니가 마흔여덟에 간경화로 돌아가시고 나서 아버지는 갑자기 생기를 잃고 무기력해졌다. 어머니 돌아가시고 난 다다음 해 둘째 아들을 교통사고로 잃고 난 뒤 아버지는 휘청거리기 시작하였다. 그리고 그해부터 아버지 몸속에 몹쓸 병이 들어와 살기 시작하였다. 마침내 59세의 일기로, 시난고난 앓던 아버지는 삼처럼 질긴 목숨 줄을 놓았다. 당신의 손자가 첫돌을 맞은 지 석 달 후였다.

내 나이 쉰여섯, 돌아가신 어머니보다 8년을 더 살고 있고, 아버지가 저 세상으로 간 나이에 이르려면 아직 3년이 더 남았다. 지금의 아들은 아비인 나를 보며 어떤 생각에 젖어 있을까? 나는 까닭 없이 아들의 침묵이 무서울 때가 있다.

> 아버지 삽과 괭이 들고 땅을 파거나
> 낫 세워 풀 깎거나 도끼 들어 장작 패거나
> 싸구려 담배 피우며 먼 산 바라보거나 술에 져서
> 길바닥에 넘어지거나 저녁밥상 걷어차거나
> 할 때에, 식구가 모르는 아버지만의 내밀한
> 큰 슬픔 있어 그랬으리라 생각하곤 하였다
> 아버지의 무능과 불운 감히 떠올릴 수 없었던,
> 그러나 그날의 아버지를 살고 있는 오늘에야
> 나는 알았다 채마밭 풀 뽑고
> 담배 피우던 아버지는
> 흙에서 태어나 흙으로 살다 갔을 뿐이라는 것,

늦은 밤 멍한 눈길로 티브이 화면이나 좇는

오늘의 나를 아들은 어떻게 볼까

자본을 살다 자본에 지쳐 돌아온

나를 바라보는 네 눈길이 무섭다

아버지들은 아주 먼 옛날부터 오늘까지

연장으로 땅 파거나 서류 뒤적이거나

라디오 연속극 듣고 있거나

배달되는 신문기사 읽고 있을 뿐이다

아버지에게서 아버지 너머를 읽지 말아다오

아버지 너머 아버지는 없다

— 「아버지 너머는 없다」 전문

이
재
무

동국대 국어국문과 석사. 1985년 《문학과 사회》, 《실천문학》을 통해 작품
활동 시작하였으며, 시집으로 『섣달그믐』, 『온다던 사람 오지 않고』, 『벌
초』, 『몸에 피는 꽃』, 『위대한 식사』, 『시간의 그물』, 『푸른 고집』, 『저녁 6
시』, 『경쾌한 유랑』이 있다. 시선집으로 『길 위의 식사』, 『오래된 농담』, 연
시집 『누군가 나를 울고 있다면』, 시평집 『사람들 사이에 꽃이 필 때』, 산
문집 『생의 변방에서』, 『세상에서 제일 맛있는 밥』 등이 있다. 윤동주 문학
대상, 소월시 문학상, 난고 문학상, 편운 문학상 등을 수상하였다. 불교신
문 전 논설위원, 한신대 대학원 서울디지털 대학 등에서 시창작 강의를 하
고 있다.

● 이정란

바깥에 있는 아버지

아버지는 어찌된 일인지 환갑을 넘기고부터
는 호랑이처럼 팔팔하던 성격을 어디로 다
보내놓고 엄마가 큰소리를 쳐도 신경질을
부려도 허허 웃기만 할 정도로 순한 사람으
로 변했다.

　　"신부가 아버지 닮았으면 정말 미인이겠습
니다."

　직장 다니던 나를 대신해 부모님이 내 신혼살림을 준비하러 다
닐 때 짐을 실어 나르던 트럭 기사가 이렇게 말했을 정도로 아버
지는 영화배우 뺨치게 호남이었다. 소리 내지 않고 씨익 웃을 때
의 얼굴에서는 신비스러운 매력이 풍겼고, 입을 크게 벌려 껄껄
웃을 때는 아주 남성적이고 호탕한 매력이 풍겨 나왔다. 답답한
속을 풀러 점집에 간 엄마에게 점쟁이는 '가는 곳마다 여자가 따
라붙는 사람' 이라는 말로 아내로서의 엄마 인생이 순탄치 않을

것이라는 사실을 예언하였다. 실제로 아버지는 아내와 자식들의 가슴에 상처를 많이 준 인생을 살았다. 그 상처는 세월이 지나면서 점차 다른 색깔의 옷으로 갈아입었다. 철이 들어가면서 아버지가 준 상처로 인해 마음이 아픈 게 아니고 상처를 준 아버지에 대한 연민 때문에 마음이 아프기 시작했다.

그 시절에는 거의 다 그랬듯이 부모님은 중매로 결혼하게 되었고, 혼인하는 날 비로소 얼굴을 처음 보았다. 종가의 맏아들로 태어나 귀염을 받고 자라나서 성품이 거침이 없고 화를 잘 누르지 못하는 아버지에 비해, 엄마는 어린 시절에 엄마를 잃어 엄마 사랑을 모르고 자랐으며 겁이 많고 여려 아버지가 큰소리 한번 치면 벌벌 떨며 말도 못했다. 아버지의 그런 성격으로 인해 엄마는 아버지와 함께 있을 때면 늘 움츠러들었고, 나중에는 화병을 앓으며 '나 죽으면 절대로 아버지 옆에 묻지 마라'를 미리 유언해 놓았다.

두 분은 첫딸을 낳고 그 아래로 아들 둘을 낳았지만 아들이 둘 다 아기 때 죽고 딸 둘을 더 낳아 딸만 셋이 되자 할아버지 할머니는 아들을 못 낳는다고 엄마에게 내놓고 성화를 하셨다. 그 분위기에 힘을 얻었는지, 언제부턴가 아버지는 바깥에 여자를 두고 셋째 딸인 내가 태어난 지 다섯 달이 지나서 바깥 여자에게 아들을 하나 낳았다. 내가 태어났을 땐 쳐다도 안 보던 할아버지 할머니는 바깥에서 낳은 손자를 어화 둥실 품에 안고 귀여워했다. 아버지는 바깥에서 아들을 낳았지만 어쨌든 정식으로 아들을 두고 싶은 간절한 마음을 담아 내게 사내아이에게나 붙일 수 있는 이상한 아명을 붙여 아들 낳기를 기원했는데, 그 덕인지 나와 세 살 터울로 남동생이 태어났다. 그런데 아버지는 그 남동생과 몇 개월 차이 나게 또 바깥에서 아들을 하나 더 낳았다. 그나마 다행인 것은 두 아들이 한 여자의 소생이었다는 것. 나중에 그 아이들이 학교에 다녀야 했으므로 내가 초등학교 2학년 무렵에 나이를 한 살씩 줄여서 우리 호적에 올리고 우리 집에 들어와 같이 살게 되었다.

당시 미군부대에서 기술자로 근무하시던 아버지는 국가공인기술자 자격시험을 통과해 국가공인기술자로 베트남으로 파견 근무를 가게 되었다. 작은 기계부터 비행기까지 기계라는 기계는 못 만지는 게 없을 정도로 기술이 뛰어난 아버지는 전쟁 중이던 베트남 중부에 위치한 다낭이라는 곳에 5년 동안 가 계셨다.

한 달에 두어 번 나는 엄마의 손을 잡고 편지를 부치러 시내 우체국에 가곤 했다. 봉투가 따로 없는 항공 편지, 쭉 펼치면 마치 주사위를 펼친 듯한 T자 모양의 편지지에 편지를 써서 아래를 두 번 접고 T자 모양의 날개에 풀을 묻혀 붙이고 주소를 써 부치는 파란 하늘색 국제 항공 편지였다.

  그런데 어느 날 나뭇잎을 갉은 벌레 구멍처럼 삐뚤빼뚤한 글자가 쓰인 항공우편이 우리 집에 배달되었다. 보내는 이는 분명 아버지 이름인데 글씨는 아주 서툴게 쓰인 낯선 글씨체였다. 무슨 일인가 싶어 엄마는 부랴부랴 편지를 뜯어 읽어 내려갔는데 내용인즉슨, 아버지가 기계를 수리하기 위해 기계 가동을 중지시킨 채 한참 수리에 몰두하고 있었는데 그걸 모르고 누군가가 기계를 가동시키는 바람에 아버지의 손가락이 잘려나갔다. 오른손의 엄지를 제외한 손가락 네 개가 잘려나가는 사고를 당해 왼손으로 편지를 써서 보냈던 것이었다. 1960년대 후반인 그때는 외국에 나가는 일이 낯선 우주를 바라보는 것과 같은 때여서 우리는 집에서 속 태우며 아버지의 다음 소식을 기다리고만 있었다. 이후 아버지의 편지는 이전보다 뜸해졌고, 한 달에 한 번씩 보내오던 생활비가 몇 달을 건너뛰는 일이 잦아졌다.

  베트남에 가신 지 5년이 지난 어느 해 베트남 전쟁이 점차 심해지자 아버지는 서둘러 귀국하셨다. 자식들에게는 뚜껑이 예쁜 형겊으로 장식된 필통이며 연필깎이, 색연필 등의 문구를 선물하셨고, 엄마 앞에는 휘황찬란한 보석 한 보따리를 펼쳐 놓으셨다. 나는 그때 받은 예쁘고 깜찍한 RADO 손목시계가 너무 좋아서 웃옷

소매가 시계를 덮지 않도록 조심했으며, 시계를 잠시라도 안 보면 시간이 어디로 도망이라도 갈 것처럼 손목을 보고 또 보았다. 동네 아줌마들이 아버지가 가져온 보석을 구경하면서 부러워하던 모습이 지금도 눈에 선하다. 엄마는 그걸 아버지 형제들에게 하나씩 선물하셨다. 그리고 그때 비로소 우리는 손가락이 잘린 아버지의 오른손을 보게 되었다. 약지와 새끼손가락은 겨우 담배를 끼우는 데 무리 없을 정도로 약간 남아 있었고, 검지와 장지는 겨우 흔적만 남기고 잘려나간 모습이었다. 편지와 함께 사진을 보내오곤 하셨는데, 손가락이 잘린 이후로 오른손은 늘 몸 뒤쪽에 놓은 채 사진을 찍으셨다.

아버지가 귀국하시고 우리는 아버지 직장을 따라 수원으로 내려가 살던 살림을 정리하고 우리의 본적인 서울로 다시 이사를 했다. 그리고 아버지는 문구 시장을 장악하고 있던 모나미 볼펜의 아성을 무너뜨릴 만한 획기적인 볼펜을 개발해 사업을 시작하셨다. 지금은 흔한 것이 되었지만 그 시절만 해도 낯설었던 삼색 볼펜과 둥근 기둥 일색인 볼펜을 색색의 삼각기둥 모양으로 개발해 새로운 판매망을 뚫어나갔다. 그 후 몇 개 아이디어 상품을 더 개발했지만 새로운 시장을 개척하는 데 어려움을 겪었고, 또 회계를 전적으로 직원에게만 맡기고 운영에 신경을 쓰지 않아 자금이 줄

줄 새나가면서 사업은 점차 기울어 아버지는 기업체 우두머리로서 또 가장으로서의 힘을 잃게 되었다. 그에 맞추어 우리는 몇 차례 이사를 했는데, 이사할 때마다 집의 평수가 줄고 줄어 급기야는 방 한 칸에 일곱 식구가 사는 지경에까지 이르렀다.

그 남자

내성적인 아버지는 평소에는 말수가 거의 없는 편이었고, 직장 다니실 때는 거의 밤늦게 퇴근을 해 가족들과 오순도순 앉아 시간을 보낸 적이 별로 없었다. 어린 시절에는 술에 취한 아버지가 무서워서 우리 형제들은 밤늦게 퇴근해 들어오시는 아버지 발자국 소리가 들렸다 하면 얼른 이불을 뒤집어쓰고 누워 자는 척하기에 바빴다. 그렇게 무서운 아버지는 우리 방에 들어와 유독 내 이불을 걷어내곤, 몸이 가늘고 피부가 가무스름한 나를 일컬어 '우리집 월남 미인' 하면서 쓰다듬곤 하셨는데, 그동안 눈을 꼭 감고 자는 척하느라 애를 쓰곤 했다.

고등학교 시절 아버지의 이름은 내 일기장에서 '그 남자'로 존재했다. 거의 매일 밤의 일이 되어 버린 술주정으로 우리 식구들은 밤이 고통스러웠고, 나는 일기장에다 '그 남자'라는 호칭으로 아버지를 끌어들여 날마다 저주하고 증오하며 대항했다. 저주와 증오가 극에 달했을 때, 난 아버지의 가슴을 찢어 보름달에게 던지는 일을 감행하고 말았다.

수업료를 내지 못해 교무실로 불려가 야단을 맞는 일이 너무 자존심 상해, 고등학교 2학년 여름방학 때 학교 그만둘 생각을 혼자 굳히고 있었다. 제도권 교육을 받아야만 성공한 인격체로 성장하는 건 아니라고 나 자신을 먼저 설득하곤 개학을 며칠 앞둔 어느 날 아버지에게 학교를 그만두겠다고 통보했다. 아버지는 무슨 말을 하는 거냐며 안 된다고 나를 혼내셨다. 나는 수업료 낼 돈도 없으면서 학교는 무슨 학교냐고 반항하며 아버지 보는 앞에서 교과서를 갈기갈기 찢어 창밖으로 던져 버렸다. 아버지는 아무 말도 못하고 방 한가운데서 묵묵히 앉아만 계셨다. 눈물범벅이 된 얼굴로 고개를 들어 하늘을 보는데 밝아도 너무나 밝은 보름달이 하늘에서 나를 내려다보고 있었고, 찢긴 교과서 조각은 어느새 보름달에 가 박혀 내 감정과는 너무나 다른 모습으로 아름다운 음영을 그려 넣고 있었다.

펄럭펄럭

달에 음영을 그려 놓은 종이조각이 보인다

창턱에 기대어 울며 찢어버린 내 교과서

조각이다

미안하다, 미안하다

해수병을 앓다

연두색 인공호흡기 줄을 타고

달나라로 올라가신 아버지

— 「speed 011 안테나」 부분

　그때의 아버지 심정을 생각하면 지금도 가슴이 미어진다. 교과서를 찢으면서 나는 혹시 교과서 조각을 다시 붙여 학교에 가고 싶어할지도 모른다고 생각하면서 그런 미련조차 갖지 못하게끔 정말 갈기갈기 찢어 날려버렸다.

　고등학교 진학을 앞두고 가정 경제가 어려우니 실업계로 진학하라는 엄마, 아버지, 큰언니, 작은언니, 이 네 사람의 권유를 물리치고 나는 고등학교만 졸업시켜 주면 대학교는 알아서 다닐 테니 걱정 말라고 끝까지 우겨서 인문계 고등학교에 원서를 냈다. 그런데 고등학교 다닐 때는 마침 아버지 사업이 폭삭 다 기운 때여서 결국 대학 진학에 대한 미련을 버리고 고교 졸업 후 은행에 취직해 동생 등록금을 보태며 가정 경제에 기여하는 삶을 택했다.

졸업 후 1, 2년은 어떻게 대학을 가 보려고 퇴근 후 입시학원을 다녀 보기도 했지만, 의지가 약해서인지 피곤함을 물리치지 못하고 그냥 포기하고 말았다. 마침 또 지금의 남편을 만나 연애를 하기 시작하던 때였다.

교과서를 찢어버린 일은, 비록 인문계 고등학교 진학을 반대했지만 학교 등록을 하는 날 학교 교문으로 가는 긴 언덕길을 내 손을 잡고 함께 올랐던 아버지의 손목을 잘라낸 것이나 다름없는 일이었고, 그때의 아버지의 체온을 씻어내는 일과 같은 일이었다. 내 왼손에 포개진 손가락 없는 아버지의 오른손의 뭉툭한 느낌은 지금까지도 생생하다.

간혹 깊은 밤에 아버지는 베토벤의 교향곡이 흘러나오는 텔레비전을 켜놓고 고개를 약간 숙인 자세로 한참 앉아 계시곤 했는데, 그 뒷모습에서 나는 누구에게도 내보이지 못하고 아버지 내면에서만 꿈틀거리고 있는 온갖 상념을 엿볼 수 있었다.

생각해 보니 아버지는 어쩜 현실적인 삶의 부족분을 견디느라 몸부림치는 시간이 많았던 것 같다. 부족한 부분을 현실적으로 어떻게든 타개하려고 노력하기보다는 부족함에 대한 자신의 감정을 견디는 데 더 시간을 들인 면이 있는 것 같다.

그런 아버지의 모습에서 내 모습을 만나기도 한다. 나는 현실적인 것보다 비현실적인 것에 더 끌리는 편이다. 따지고 셈하기보다 추상적으로 이해하는 쪽. 자식과 남편에 관한 수다보다는 책 속의 이야기나 존재의 본질에 더 흥미를 느낀다. 그러나 물론 발바닥이 늘 땅 위에 속해 있는 것을 귀히 여긴다.

아버지

"어떤 남자 분이 찾아요. 내려가 보세요."

점심시간에 직장 휴게실에서 쉬고 있는데 동료 직원이 말을 전해 왔다. 누구지? 하고 내려가 객장을 휘 둘러보는데 소파에 앉아 순서를 기다리는 고객들 틈에서 아버지가 눈에 띄었다.

밥상에서 마주하던, 안방 한가운데 묵묵히 앉아 담뱃재를 털던 아버지 모습이 아니었다. 자식들을 공포에 떨게 하던, 기세가 시퍼래 입 열기조차 두려웠던 아버지 모습이 아니었다.

머리칼은 반백, 살이 별로 없는 구릿빛 얼굴에 깊은 쌍커풀, 그 나이 대에 흔히 입는 회색 점퍼. 노년기 쪽으로 기울어 가고 있는 한 남자의 모습이었다. 코끝이 찡했다.

"나다! 놀랐지?"

"아, 아버지!"

"집을 찾을 수가 있어야지."

환하게 웃으며 나를 향해 다가오던 아버지는 그때 건축 현장에서 기계를 고쳐 주는 일을 하시면서 지방에 오래 머물러 계셨는데, 아버지가 집에 안 계신 중에 우리가 이사를 해 갑자기 지방에서 올라온 아버지가 집을 찾지 못해 내가 일하고 있던 은행으로 찾아오신 것이다.

그즈음 아버지는 현장에서 일하시다가 높은 곳에서 떨어진 쇠뭉치에 이마를 맞고 기절해 죽을 뻔했다 살아나셨고, 갑자기 맹장이 터지는 등, 생명에 위협을 받는 사고를 연속 두 번이나 당하시곤 놀란 가슴을 쓸어내리며 죽을 고비 넘겼으니 명보다 더 오래 살 거라는 말씀을 하시곤 했다.

결혼해 아이 둘을 낳고 내 가정생활이 안정이 된 어느 날 친정을 방문했을 때, 할 말이 있다며 아버지가 나를 따로 부르셨다.

"다른 자식들보다 너한테는 미안하다는 말을 꼭 하고 싶었다. 그렇게 바라던 공부를 못 시켜서 정말 미안하다. 이제라도 아버지를 용서해라.”

평소 말수가 적은 아버지의 몇 마디. 눈물이 핑 돌아 얼른 뭐라고 대꾸를 하지 못하다가 겨우,

“용서라니요, 아버지. 그 일로 아버지를 원망한 적 없어요. 저도 이제 다 잊었으니 아버지도 그 일은 그만 잊으세요, 네?” 하고 말했다.

아버지는 어찌된 일인지 환갑을 넘기고부터는 호랑이처럼 팔팔하던 성격을 어디로 다 보내놓고 엄마가 큰소리를 쳐도 신경질을 부려도 허허 웃기만 할 정도로 순한 사람으로 변했다. 그러니까 비로소 집안에 온기가 돌고 편해지는 걸 보곤 남자가 순해지면 가정이 편안해지는구나 하는 생각을 갖게 되었다.

아버지의 인생을 베트남 가기 전과 그 이후로 나눠 볼 수 있겠다. 베트남 가기 전에는 평범한 직장인으로서 비교적 안정적인 생활을 했고, 베트남 다녀온 이후에는 야망을 가지고 시작한 사업이 뜻대로 되지 않아 경제적으로 곤궁에 처해 가족들을 가난 속에 빠뜨려 방치할 수밖에 없는 처지가 되었다.

베트남에 가기 전에 밖에서 낳은 아들 둘을 데려와 엄마에게 큰 상처를 주었던 아버지는 베트남에 계신 동안에도 여자가 있어

그곳에서 남매를 낳았다. 이 사실은 아주 나중에, 나는 30대가 되어서야 알게 되었다. 간혹 TV에서 라이따이한에 대한 이야기가 나오면 혹시 하는 마음에 관심을 기울이며 보기도 하고, 내가 죄 짓고 도망쳐 온 감정이 들기도 한다. 베트남에서 나오신 이후 한창 사업을 하시던 시기에 아버지는 또 한번 밖에서 아들 하나를 낳는 큰일을 내셨다.

내가 중학교 2학년 때, 어떤 여자가 우리 집으로 낳은 지 몇 개월밖에 안 된 아기를 데리고 온 걸 우연히 보게 되었는데, 아마 조용히 돈을 주고 해결한 것 같았다. 이 일로 충격을 받은 엄마가 자살하려고 약을 먹고 며칠을 깨어나지 않자 놀란 아버지가 약을 사다 먹이고 미음 쑤어 먹이면서 정성을 다해 엄마는 한 열흘 만에 살아났다.

이런 아버지를 두고 우리 형제들은 '정에 약해 맺고 끊는 일을 잘 하지 못하는 마음 약한 사람'으로 평하고 그런 성격으로 인해 바깥에서 따라붙는 여인들을 떨치지 못하고 인연을 맺은 것으로 아버지를 좋게 이해했다. 그런 이해는 우리 모두 성인이 된 후의 일이다.

우리 형제들은 왜 그런지 평탄한 가정을 꾸리며 살지 못했다. 큰언니는 젊은 시절에 이혼해 남매 둘과 떨어져 살며 오랫동안 방

황을 했고, 작은언니 집안도 늘 시끄러워 친정으로 피해 오는 날이 많았다. 그런 일로 엄마가 마음고생을 하는 것을 보면서 나는 결혼하게 되면 어떤 일이 있어도 걱정거리를 가지고 친정에 오는 일은 하지 않겠다고 혼자 다짐을 하고 어려운 일이 있어도 없는 척, 엄마에게 잘 내색을 하지 않았다. 남동생 셋은 결혼해 잘 사는가 했는데 느닷없이 몇 개월 간격을 두고 경쟁하듯 이혼하게 되어 부모님 속을 몹시 아프게 했다. 육 남매 중 가정이 가장 평온한 내게 부모님은 기대를 많이 하였고, 어려운 일 있을 때마다 의논하는 상대로 삼으며 비교적 깊은 마음을 주었다.

말년의 아버지

40대부터 앓아 온 천식 빼고는 특별히 아픈 데 없이 에너지가 충만하셨던 아버지는 70대에 접어들면서부터 천식 증세가 부쩍 더 심해져 감기만 들었다 하면 숨이 몹시 가빠져 눕지도 못하고 베개를 높게 해 엎드린 채 주무시곤 했다. 할아버지도 천식으로 돌아가신 내력이 있어 아버지도 아마 그 병으로 돌아가시려니 짐작하고 있었다. 기침을 하면서도 끊지 못하던 술담배를 마지막 입원을 하기 반년 전쯤부터는 거의 입에 대지 않으셨다. 천식 중세로 입원 치료를 받던 중 쓸개에서 돌이 발견되어 쓸개 절제 수술을 받고 또 위가 헐어 피를 토해내는 등 부쩍 몸에 이상 증상이 발생했다. 입퇴원을 반복하다가 마지막 입원을 하기 전에 아버지는 먹고 싶다며 여러 가지 음식을 해 달라 주문하셨다. 멸치와 꽈리고추 볶음을 내가 좋아하는 방식대로 국물 없이 볶아 드렸더니 그렇게 말고 '노골노골하게 푹 익혀 달라' 하셔서 다시 푹 익혀 드렸는가 하면, 갑자기 미군부대 근무하던 시절에 먹었던 토마토 주스가 먹고 싶다 하시는 등 유난히 먹고 싶은 음식을 많이 찾으셨다. 시부모님 등 어른들의 임종 전을 몇 번 겪어 보니까 돌아가시기 전에 예전에 좋아하던 음식을 간절히 먹고 싶어 하는 것이 공통으로 나타나는 한 증상이었다.

마지막 입원을 한 날 아버지는 거의 숨이 넘어갈 지경에 이르러 신촌 세브란스 응급실로 모시고 갔다. 여러 가지 검사를 하며 입원 순서를 기다리던 중 배가 고프시다면서 방울빵을 찾으셨다. 급히 매점으로 가 우유와 방울빵을 사다 하나하나 천천히 입에 넣어 드렸는데 숨이 차면서도 아주 맛있게 한 봉지를 다 드셨다. 얼마나 배가 고팠으면 저렇게 맛있게 드시나 했는데, 결국 그 음식이 이생에서 드신 마지막 음식이 되었다. 이후 아버지는 숨이 점점 더 가빠져 중환자실로 옮겨 산소호흡기에 의지한 채 주사약으로 연명하셨다. 입원한 다음 날 면회를 갔는데 광목끈으로 아버지의 손발을 모두 침대 네 귀퉁이에 묶어 두었다. 그 모습이 너무 보기 흉해 간호사에게 물었더니 무의식 중에 자꾸 호흡기를 빼버려서 그렇게 할 수밖에 없다고 설명했다. 아버지의 삶이 이젠 더 아버지의 의지로 부릴 수가 없고 죽음에게는 언제 어떤 기별을 받을지 모르는 상태로 전환된 것이다.

아버지가 입원하신 지 며칠 후 아침에 엄마가 갑자기 쓰러져 아버지가 누워 계신 세브란스 응급실로 실려 오셨다가 그날 저녁에 돌아가시는 어처구니없는 일이 벌어졌다. 정말 어처구니가 빠져버려 생각의 맷돌을 돌리지 못했다. 엄마는 약간의 치매 증세가 있어 아버지가 그곳에 입원해 계신다는 사실조차 알지 못하고, 아버지는 의식 없이 누워 계셔서 엄마가 갑자기 쓰러져 같은 병원 응급실에서 임종했다는 사실도 모르고 있는 일은 너무나 황당했다. 소설에서 볼 수 있는 꾸며진 이야기 같아 허망하고 허탈하기 짝이 없었다.

의식 없이 누워 있는 날이 길어짐에 따라 머리칼도 길어지자 어느 날 간호사가 "매주 한 번씩 무료 봉사하는 이발사가 마침 내일 오는데 할아버지 머리 좀 깎아드릴까요?" 하고 물어 적당한 길이로 잘 다듬어진 머리 모양을 상상하며 "네, 안 그래도 걱정하고 있었는데, 잘 됐네요. 신청해 주세요." 하고 응했다. 그런데 이튿날 가보니 스님처럼 완전히 빡빡 밀어 놓은 모습을 보고 참이나 황당했다. 갈색 신사모를 쓰고 입가에 은은한 미소를 띠고 천천히 길을 걸으면 그래도 볼 만하게 멋있는 노신사였는데, 세상에 의식 없이 누워 있다고 남의 머리를 빡빡 밀어 버리다니!

매일 면회 가서 따뜻한 물에 적신 수건으로 몸을 닦아 드렸다. 남동생들은 모두 이혼했고, 언니 둘은 멀리 살고. 그러니 부모님과 가까이 살던 내가 간병을 도맡아 할 수밖에 없었다. 따뜻한 물수건이 얼굴을 지날 때는 호탕하게 웃는 멋진 모습을, 딱 벌어진 어깨를 지날 때는 한때 우리 가족의 기둥이었던 모습을, 손가락 네 개가 잘려나간 오른손을 지날 때는 삐뚤빼뚤하게 써 보냈던 항공 편지를, 아랫도리를 지날 때는 이 무기의 끝을 바깥으로 향해 놓아서 엄마 속을 그렇게 썩였던 일들을 떠올리며 아버지 인생을 회상하는 일을 무한 반복했다.

그렇게 무기력하게, 멋도 모르고 맛도 모르는 인격체가 되어 가는 상황을 지켜보면서 멋도 알고 맛도 아는 것이 인간의 본질이란 생각을 했고, 멋도 알고 맛도 아는 때 그 멋과 맛을 제대로 즐기는 것이 인생이란 생각을 했다.

입원한 지 4개월이 지났을 무렵, 언제 큰일이 닥칠지 모르니 자리 비우지 말고 지키고 있으라는 의사의 말을 들은 날, 우리 형제들은 누가 먼저랄 것도 없이 노래방으로 가 미친 듯이 노래로 울부짖었다. 마침 문병 왔던 고종사촌 오빠들은 우리들에게 제정신이 아니라며 흉을 보았지만, 아버지보다 먼저 가시리라고는 꿈에도 생각해 본 적 없는 엄마가 세상을 뜨신 지 100일밖에 안 되는 시점에 또 아버지를 보내야 하는 아픔을 노래에 실어 날려 보내야 했던 우리들의 심정을 몰라준들 상관없었다. 우리는 우리 방식대로 슬픔을 놀이로 변형해 표현한 것이니까.

큰언니가 부른 엄마의 18번 '내 마음 별과 같이', 바로 밑의 남동생이 부른 아버지의 18번 '검은 장갑 낀 손'을 들으면서 느끼는 심정은 정말 묘했다. 마치 엄마가 살아서 우리와 함께하는 듯했고, 아버지가 일어나 마지막으로 우리에게 노래를 들려주는 듯한 느낌이었다. 슬픈 느낌은 분명한데 슬프지 않은, 분명 기쁜 느낌은 아닌데 기쁜, 한 번도 경험해 보지 않은 어쩌면 그때 이후로 느낄 기회가 없을 이상야릇한 감정이 몸 깊은 곳에서 솟아올랐다. 아, 이런 것이 죽음을 축제로 승화시키는 바로 그것이구나 하며 죽음의 슬픔과 두려움을 간접 경험하였다.

아버지는 점점 희미해지는 의식을 붙잡고 식물인간처럼 누워 있은 지 4개월 만에 그리고 엄마가 돌아가신 지 100일 되던 날에 돌아가셨다. 중간에 의사가 목에 구멍을 뚫어 관을 끼우는 삽관에 대해 가족끼리 의논해 결정해 달라고 했는데, 작은어머니가 적극적으로 만류했다. 더 이상 나을 가망이 없는 사람에게 삽관을 하면 그 상태를 계속 지속시키는 연명이 되므로 죽음도 아니고 삶도 아닌 상태가 된다. 그건 아무 의미가 없고, 무엇보다 환자에게도 고통이니 자연스럽게 돌아가시게 두라고 하여 우리 형제들은 눈물로 숙고한 끝에 삽관에 동의하지 않았다. 눈을 감은 아버지의 입은 4개월여 꽂고 있었던 호흡기로 인해 꽉 다물어지지 않은 채 입술 가운데가 동그랗게 열려 있었는데 그 모습은 아버지는 이제 더 이상 움직일 수 없는 차가운 사체에 불과하다는 것을 극사실적으로 알려 주었다.

아버지 유품을 정리하다가 잡다한 물품이 들어 있는 상자에서 '장애인 수첩'을 발견하였다. 아 우리 아버지가 장애인? 하고 새삼스럽게 놀란 순간이 있었다. 오른손 손가락 네 개가 잘렸으니 장애인인 건 맞지만 우리에게 아버지는 장애인이 아니었다. 그 손으로 못하시는 게 없었으니, 심지어 남동생들은 "손가락 없는 아버지 그 손으로 뺨을 맞으면 얼마나 아팠는데" 하며 껄껄 웃었다. 나중엔 글씨도 잘 쓰셨고, 동네 다니다가 골목에 버려진 시계를 주워다가 고쳐 놓은 시계가 안방에 열 개는 더 걸려 있어 '시계 고치는 아버지'라는 시를 쓴 일도 있다. 그리고 아버지 일하시는 현장에 아버지가 안 계시면 기계가 안 돌아간다고 집에 가지 말고 계속 계시라 할 정도였으니, 아버지는 수첩에서만 장애인이지 현실에서는 전혀 장애인이 아니었다.

아버지가 돌아가시고 나서 마음이 참이나 쓰렸던 것은, 마주앉아 깊은 속과 마음을 털어놓았던 기억이 없어 우리 자식들에게 아버지는 그저 무섭고 어려운 사람이라는 기억으로만 존재하는 것이 아닌가 하는 생각이었다. 더욱이 두 이복동생은 나름대로 상처를 가지고 성장할 수밖에 없어 더 신경이 쓰여 어느 날 막내 동생에게 슬쩍 물어보았다. 그랬는데 동생이 뜻밖의 말을 털어놓았다.

"초등학교 들어가기 전 아버지가 나를 무릎에 앉혀 놓고 크래커에 땅콩버터를 발라서 내 입에 하나씩 하나씩 넣어 주신 적이 있었어. 그때 아버지의 자상하고 따뜻한 모습이 내겐 선명하게 남아 있어."

아무도 모르게 동생 혼자 기억하는 따뜻한 장면이었다. 다른 동생들도 나름대로 따뜻하고 좋은 기억들을 갖고 있어서 나는 공연한 걱정을 가볍게 떨쳐버릴 수 있었다.

진정한 아버지

처자식에게 광기를 부리며 젊은 시절을 보낼 수밖에 없었던 아버지의 피 끓는 영혼에게 그리움과 애도의 노란리본을 달아 놓는다. 아버지라는 존재는 어린 시절에는 전혀 이해되지 않은 채 마음속에 건조하게 그저 '아버지'라는 상징으로 자리 잡고 있다가 성장해 가면서 부분적으로 이해되어 조금씩 자식들 인생에 녹아든다. 나이를 더 먹어 가면서 아버지는 자식들 인생에 완전 녹아들어 이제는 내 인격체의 한 부분을 차지한 채 마음속에 살아 있는 존재가 되었다.

어머니에 대한 원고를 쓰면서 이렇게 표현한 적이 있다.

"이제 와 엄마를 다시 불러 보는 일은 온전히 그리움의 몫이다. 슬픔과 아픔은 최소한의 두께로 옅어 있다.

여자는 '스스로 엄마가 되었을 때' 비로소 온전한 딸이 된다. 자식을 낳음으로써 엄마가 되는 것은 스스로 엄마가 되는 일이 아니다. 자식들을 어느 정도 키운 시점에 자기 안에 '엄마'가 있는 것을 느낄 때가 바로 '스스로 엄마가 되는 때'이다."

위 글에서처럼 엄마는 언제부터인지 모르게 내 속에 나와 동체이자 동격이 되어 있으나 아버지에 대한 감정은 그와는 조금 다르다. 영원히 합체되지 않는 '남성/남자'에 대한 그리움이라고 표현할 수 있을까. 그래서 그 감정이 어느 때는 남편에게 혹은 다른 어떤 남자에게 겹쳐 나타난다. 어쩌면 그건 바깥을 향해 있어서 어디 먼데를 끝없이 그리워하는 감정을 계속 부추기는 아련함인 것 같다.

글 쓰는 것에 비유한다면 시는 안에서 쓰이고 산문은 바깥에서 쓰이는 것처럼. 그리움을 부르면 어머니는 내 안에서 나오고 아버지는 바깥에서 온다. 그러나 아버지가 오는 그 바깥이 나와 완전히 격리된 곳이 아닌 내 안의 한 공간이기도 한 곳.

엄마에게는 이렇게 말했다. "엄마! 기쁘고 가볍게, 사랑해!"

아버지에게는 "아버지, 영원히 그리울 거예요!"

이
정
란

1999년 《심상》 신인상으로 등단하였다. 시집으로 『눈사람 라라』, 『나무의 기억력』 등이 있으며, 산문집으로 『가슴밭에 두고 온 말들 1, 2』, 『시비로 만나는 아름다운 시』, 『간이역 풍경』, 『내 딸의 인생을 위하여』 등이 있다.

나의 아버지(들)

나는 서툴게 아버지 노릇을 한다. 이것이 맞는 것인
지 잘 모르겠다고 속으로 중얼거리며, 아이들을 가
르치고 야단치고 하면서, 아버지 흉내를 낸다. 아버
지가 없었으므로 더 많은 아버지를 가지게 되었던
나의 삶은 어쩌면 남들이 갖지 못한 세계까지 갖게
된 건지도 모른다.

나
의
아
버
지
(들)

아버지에 대해 써달라는 청탁은 초등학생에
게 밀린 과제를 제출하라는 선생님의 명령처럼 고통스럽게 들렸
다. 해야 하는데 손을 대기엔 너무 막막한 숙제를 붙잡고 나는 마
감 당일까지 고민하며 앓았다. 도대체 내게 아버지가 있었던가.
생물학적 아버지는 내가 세 살 때 돌아가셨는데, 아버지에 대해
글을 써달라는 부탁은 장님이 코끼리 다리 잡는 일과 비슷했다.
게다가 아버지를 떠올리는 건 아버지 부재에 대한 설움과 고통을
회상하는 일이기에 나는 이 원고를 최대한 망설이고 뒤로 미루었
다.

유일한 기억은 이것이다. 달밤에 아버지가 나를 업어주신 기억. 그러나 이 기억은 이상하다. 아버지 등에 업혀 달을 본 것이었는데, 아직까지 기억에 남았을 리가 없다. 또 정말 그런 일이 있었는지도 불확실하다. 어쩌면 내가 믿고 싶은 바람대로 만들어진 환상인지도 모른다. 어쨌든 '아버지'로 비유되는 파괴된 상징계 속에서 나는 완전히 물 먹은 개처럼 헐떡이며 살았다.

아버지는 나를 업고 신작로에 서 있었다. 커다란 달이 아버지 머리통을 삼키고 있었다. 짚가마니 썩은 냄새가 났다. 미루나무 아래 한 여자가 누워 있었다. 아버지 검은 뒤통수에 대고 나는 물었다. 저기, 죽은 여자는 언제 부활할까요. 아버지가 고개를 홱 돌리셨다. 아버지는 구멍 숭숭 뚫린 메주통, 곰팡이 포자들이 어지럽게 날아다녔다. 미루나무 꼭대기에 매달린 까치집에서 달이 돋았다. 받아라 네 어미다, 아버지는 지푸라기로 여자를 엮어 내 목에 걸어주셨다.

— 「월식」 부분

아버지의 부재가 자라는 사내아이에게 얼마나 커다란 상실감을 주게 되고, 얼마나 많은 결핍을 주는지 그 누구보다 잘 알게 되었다. 이후 나는 무수한 사회적 아버지를 만나며 성장했다. 아니, 성장이라기보다는 퇴화에 가까운 세월들이 흘러갔다. 사내답지 못하다는 말들, 왜 자꾸 우느냐는 핀잔, 죽은 네 아비랑 하는 짓이 똑같다는 근거 없는 질책 등을 달고서 나는 망가진 '아버지' 가 되어갔다.

초등학교 내내 가정환경조사를 명목으로 매년 '아버지 없는 사람 손들어' 가 반복되었다. 휘둥그레 주위를 돌아보는 아이들의 시선이 일제히 내 몸에 꽂히는 걸 견뎌야 했다. TV와 냉장고의 유무를 조사하는 일에서, 어머니 직업이 뭔지를 조사하는 일에까지, 나는 그 망할 놈의 '아버지 없는 사람 손들어' 에 족족 항복할 수밖에 없었다. 도시락을 안 싸가는 날이 많았고, 그런 날이면 운동장 철봉에 거꾸로 매달려 아이들이 맛있게 밥을 먹는 모습을 훔쳐보았다.

집에는 늘 늦게 들어갔다. 집에 가면 병든 할아버지가 누워 있었다. 아버지가 없으니 가족들이 생계를 꾸려야 했다. 어머니는 공장 일에, 택시 운전에, 식당 일에, 나중에는 시체 염하는 일까지 하셨다. 나는 얼굴이 자주 빨개지는 아이였다. 6학년 때까지 코를 흘리던 어떤 아이와 친하게 지냈는데, 그 아이도 아버지가 없었다. 우리 둘은 씨름판 모래밭에서 자주 코피가 나도록 싸웠다. 빙

둘러선 학급 아이들이 우릴 보고 웃었다. 둘이 싸우다가 지치면 슬슬 슬랩스틱 코미디를 했다. 일부러 넘어져 주고, 일부러 얻어 맞아 주고 하는 놀이가 재미있었다. 관심과 주목은 내 유일한 관심사였다.

중학교 땐 제법 덩치가 컸다. 반에서 두 번째로 키가 컸다. 아버지 흉내를 내면서 담배를 처음 배웠고 술도 마셨다. 아이들과 어울려 다니며 여자애들에게 흉한 농담을 던졌다. 조부모님은 '아비 없는 후레자식' 소리를 가장 싫어하셨다. 몇 번이고 주의를 들었는지 모른다. 제발 그런 소리 안 듣게 행실 똑바로 하고 다니라는 이야기는 이후 나를 지배하는 규율이 되었다. 그러니까 나의 첫 번째 사회적 아버지는 '(할)아버지'다.

1. (할)아버지

할아버지 아비 없는 저를 거둬주시고 아버지처럼 길러 주셔서 감사합니다. 추석 바로 전날 꿈에 오셨었죠. 제가 어떻게 사나, 어린 증손자들은 어떻게 생겼나, 두고 간 며느리는 얼마나 늙었나, 아비 없이 자란 손자놈은 사람 구실을 하면서 사는지 궁금해서 오셨겠죠. 네. 겨우겨우 잘 살고 있어요. 단양에서 제천, 영월, 춘천, 홍천, 충주, 원주, 대전, 용인, 광주를 거치면서 참 오래 떠돌아다 녔어요. 가난과 불행의 원인이 돌아가신 당신의 아들에게 있다는 생각을 떨칠 수가 없었죠. 첫 시집 『새들의 역사』는 아버지와 할 아버지, 할머니의 이야기로 가득 차 있어요. 네, 전 시인이 되었어 요. 할아버지 말씀처럼 과거시험에서 장원급제를 한 거랑 비슷해 요. 어릴 때 할아버지는 늘 아프신 분인 데다가 엄하신 분이어서 가까이 가기가 힘들었어요. 한 번은 구멍가게를 하던 우리 집에 서 과자를 훔쳐 먹다가 할아버지께 들켜서 엄청 많이 맞았었죠. 늘 주무시는 분이라서, 살금살금 가게 문턱을 넘어 넙죽 엎드려 기어갔죠. 제가 제일 좋아하던 과자는 동그랗고 하얀 콩 같은 과 자였어요. 과자를 먹는 날은 아마 일 년에 한 번이나 있었을까. "과자 열 개 팔아봐야 한 개밖엔 이문이 안 남는다."는 할아버지 말씀에 전혀 공감할 수 없는 나이였죠. 명색만 가겟집 아이였지, 실은 세상에 그 어떤 아이들보다 과자를 먹어 본 적 없는 가난한 아이였어요. 할아버지를 아버지라고 불러보고 싶었던 적도 있었 어요. 아니, 모든 남자 어른들이 아버지 같아 보였던 때가 있었어 요. 이상하게 그때는 그런 충동에 사로잡혀 있었어요. 작은할아 버지께서 주지로 계시던 절에 많은 친척들이 모였는데, 저는 그중

한 분께 아버지라고 불러보고 싶었어요. 그래서 가까이 다가가서 "큰아버지 백 원만 주세요."라고 말했어요. 그분은 오촌아저씨였어요. 그분의 손에서 동전을 받아 쥐었을 때 제가 느낀 건 오히려 그분의 어색한 표정이었어요. 아아. 그 흔한 아버지가 제겐 왜 없는지를 이해할 수 없었어요. 불행하게도 할아버지는 그런 저를 잘 모르셨을 겁니다. 게다가 몸이 아프셨죠. 젊어서 술을 많이 드셨고, 당신의 아들 둘을 먼저 보냈고, 노년엔 작은 구멍가게를 내시고 겨우 자리만 지키는 분이셨죠. 가끔 할아버지의 허무를 생각하게 됩니다. 아무것도 남은 게 없었던 사람의 허무를 생각하게 됩니다. 당신도 자식을 일찍 떠나보낸 아버지였습니다. 그 불행한 아버지와 불행한 아들이 사는 가난한 집엔 호롱불과 남폿불과 촛불과 곤로와 석유냄새가 전부였어요. 늘 그런 냄새만 코에서 났어요. 할아버지가 제게 베풀어주신 은혜는 솔직히 잘 모르겠어요. 다들 내리사랑이란 말을 하잖아요. 저를 얼마나 아끼고 안타까워하셨는지에 대한 기억은 없어요. 딱 하나. 언젠가 학교에서 막 돌아온 저를 할아버지께서 부르셨어요. 아주 친절하고 웃음 가득한 얼굴로요. 좀 이상하게 생각되었지만 할아버지를 따라 헛간으로 갔을 때, 당신은 제게 말라비틀어진 무 하나를 건네셨어요. "먹어라, 이게 꼬들꼬들한 것이 달고 맛있다." 저는 가끔 그 생각을 해요. 참 낯설고 어색한 경험이었거든요. 할아버지께 받아 본 최초의 선물이었죠. 한 번은 물가에 친구랑 놀러 가서 어둑할 때 돌아왔어요. 제가 잘못한 거였습니다. 왜냐면 저겐 물에 가는 것이 금지되었거든요. 할아버지, 할아버지께선 그날 할머니와 함께 저를 엄청 찾아다니셨습니다. 물에서 돌아가신 당신들의 아들 때문에 저는 절대로 물에 가면 안 되는 아이였어요. 마른 쑥대를 꺾어서 제 종아리를 때리시고 집을 나가라고 혼내시던 할아버지 마음을 이제야 조금은 알 것 같아요. 하지만 할아버지께서 돌아가셨을 때 저는 울지 않았습니다. 울지 않는 저를 고모가 이상하게 여기고 괘씸하게 여겼지만 저는 울 수 없었어요. 이젠 혼나지 않아도 된다는 생각이 들었던 것 같기도 하고요. 죽음의 슬픔보다는 죽음의 공포가 너무 컸기 때문이었던 것 같기도 해요.

퉁퉁 불어터진 고모의 젖을 대접에 받아

늙은 할아버지가 마셨다, 창밖엔 눈이 그쳤고

고기 한 근 제대로 못 먹던 때였으므로

고모는 연신 쌀죽과 미역국을 마셔가며 젖을 퍼올렸다

혀에 암세포가 꽃 무더기처럼 핀 할아버지는

눈이 그렁그렁한 어린 소처럼 받아먹었다

(중략)

아무리 어른이 되어도

몸 안엔 어린애가 들어 있는 것이다

그 밤에 고드름은 유두처럼 처마에 돋았다

할아버지가 끙끙 앓으며 어머니를 찾고 있었다

그리고 삶은 계란 한 판을 혼자 다 드셨다

아무것도 줄 게 없어서 고모는

비닐봉지 같은 젖이 살에 착 달라붙을 때까지 짰다

성경에 예언된 젖과 꿀이 흐르는 땅이 있다면

필사적으로 젖을 핥아먹던 할아버지

그 약속의 땅으로 흘러가셨을까

할아버지 혓바닥에 발아하던 암세포들이

먼 산에다까지 눈꽃을 활짝 피워놓았고

오열하는 고모를 붙잡고서

나뭇가지 같은 어린 조카가 빡빡 입맛을 다시며 울었다

— 「젖」 부분

할아버지께서 자신의 어머니를 부르며 울던 모습은 아직도 눈에 선해요. 누구나 아이처럼 살다가 가는 게 인생인지도 모르겠어요. 저 또한 자식을 낳고 사회에서 어른 행세를 하며 살아도 여전히 마음속엔 불안에 떨며 두려워하는 어린아이가 있거든요. 왜 그때 할아버지와 좀 더 많은 이야기를 하지 못했을까요. 왜 할아버지를 두려워하기만 했을까요. 제게도 자식이 생기니까 할아버지 마음을 이해할 수 있게 된 건 참 아이러니한 거 같아요. 할아버지, 꿈속에서 제게 건너오시는 할아버지, 저는 잘 살고 있어요. 그저 남들만큼은 살고 있어요. 걱정하지 마세요.

당신의 며느리, 제 어머니는 이제 그때의 할아버지만큼 늙으셨어요. 너무 젊은 과부 며느리를 불안하게 바라보셨을 할아버지 마음도 알 것 같아요. 당신의 아들이 없으니 혼자 된 며느리가 얼마나 미덥지 못했을까, 또한 젊은 어머니는 얼마나 외로우셨을까. 이런 걸 생각하면 아버지가 일찍 돌아가신 것이 모든 불행의 근원인 것 같아요. 한 사람의 부재가 얼마나 많은 결핍을 주었는지, 어쩌면, 저보다도 할아버지께서 그 결핍에 가장 많이 아파하시면서 평생을 사셨을 것 같네요. 할아버지, 또 오세요. 꿈속에 오셔서 제게 많은 것들을 가르쳐 주고 들려주세요. 나의 아버지, 나의 (할)아버지.

2. (새)아버지

어머니는 나를 조부모께 맡기고 재가하셨다. 재가하신 어머니 집에 가서 종종 묵기도 하고, 다시 조부모 계신 곳에 가서 묵기도 하면서, 중학교 때까지 나는 그렇게 살았다. 어머니가 꾸린 단칸방에 새아버지와 나와 누나와 어머니가 살았다. 거기서 어머니는 호적에도 없는 내 동생을 낳았다. 나는 동생이 태어나는 모든 불행한 과정을 어머니의 단칸방에서 경험했다. 어머니가 동생을 안고 병원에서 돌아왔을 때, 나는 어린 동생을 죽여버리겠다고 울며불며 난리를 쳤다.

새아버지, 그는 사기꾼이었다. 전과 10범쯤 되었다. 새아버지는 돌아가신 친부를 닮았다. 그것이 어머니의 마음을 사로잡은 것은 아니었다. 그는 어머니가 택시 운전사로 일할 때, 자주 어머니의 택시를 애용하여 사업(?)을 하던 사람이었다. 그는 투자 명목으로 사람들의 돈을 모아 수배를 피해 충주로, 부산으로, 제천으로 도망다녔다. 어머니도 덩달아 그를 따라 부산까지, 충주까지 집을 옮겼고, 누나와 나도 종종 그곳까지 따라다녔다.

그는 나를 사랑하지 않았다. 그는 어머니도 사랑하지 않았다. 그는 누구도 사랑하지 않았다. 그가 내게 준 유일한 선물은 고물

상을 위장하여 살면서 얻은 녹슨 자전거 한 대였다. 자전거 타이어가 너무 낡아서 안에 있던 튜브는 자주 빠져나왔고, 나는 자주 자전거를 길에 세워두고 손으로 튜브를 밀어 넣어야 했다. 충주에선 먹을 쌀이 없어서 어머니는 주인집 밭둑에 자란 콩으로 우리 남매 저녁을 먹였다. 그러나 나는 먹지 않았다. 먹지 않고 눈을 똑바로 뜨고, 주먹을 불끈 쥐고, 어머니를 노려보며 소리 없이 울었다. 나는 내 목에다 부엌칼을 댔다. "왜 우린 이렇게 살아야 해!" 나는 어머니께 두들겨 맞으면서 그렇게 말했다. 어머니가 나를 안고 오래오래 우셨다.

가난한 아버지는 가난한 아들을 사랑했습니다
학교 가는 아들 앞에
초라하지만 정성스럽게 상을 차렸습니다

하지만 아들은 가난이 싫었습니다
아버지가 싫었습니다

먹어!
어서 처먹어!

안 먹어?

아버지는 가난한 자신이 부끄러워 화를 냈습니다
자신 앞에 앉아 있는
어리고 착한 가난의 뺨을 힘껏 때렸습니다
아무것도 모르는 가난의 배를 발로 걷어찼습니다

먹어!
어서 처먹어!

그 아들도 커서 똑같이 아버지가 되었습니다
아내는
이제 그를 사랑하지 않습니다
직장도 없는 그를 사랑하지 않습니다
툭하면 술 먹고 손버릇 나쁜 남편을 사랑하지 않습니다

뚝!
그쳐!
안 그쳐?

이런 식으로 울음을 달래는 가난한 가장을

아무도

아무도, 사랑하지 않습니다

— 「가난한 아버지들의 동화」 전문

　　새아버지와 살게 되면서 빚쟁이들이 학교까지 찾아왔다. 담임 선생님의 불안한 시선을 받으며 빚쟁이들을 따라 나간 곳에서, 나는 어디로 사라졌는지도 모르는 어머니와 새아버지에 대해 말해야 했다. 그들의 퀭한 눈빛과 살기가 무엇을 말하는 건지도 모르면서 나는 취조당하듯 불려 다녔다. 그중 어떤 남자는 내게 오히려 용돈을 주기까지 했다. 어머니가 안 계신 집에 한 달 정도 6학년인 누나와 둘이 살았다. 옆집에서 밥을 얻어먹었다. 나는 공짜로 얻어먹는 것이 부끄러워 그 집 설거지를 다 해주었다. 옆집에서 얻어먹는 것이 부끄러워 나중에는 혼자 소금을 찍어 밥을 해 먹었다. 혼자 밥을 먹을 때 부끄러워하는 이 버릇은 아주 오래까지 계속되었다. 나는 밥을 먹을 때 문을 꼭꼭 닫아걸고 먹었다. 왜 답답하게 문을 꼭꼭 닫아걸고 먹느냐는 누군가의 의심스러운 충고에도 아랑곳하지 않았다. 나는 다만 부끄러웠다.

　　새아버지는 내게 부끄러움을 가르쳐주었다. 아버지도 아닌 사람, 아버지가 아닌 사람, 아버지라고 불러 본 최초의 사람, 끝내 아버지일 수 없었던 사람, 그는 부산 어디쯤에서 붙잡혔다. 그가 경찰에 붙잡힐 때, 어머니는 다시 집을 옮겼다. 그 집에서 어머니는 고추 장사를 했고 중학생이 된 누나는 밖으로 나돌았다. 집에 가면 다섯 살짜리 어린 동생이 있었다. 나는 동생과 놀았다. 아이가 아파서 우는 것을 달래다가, 달래다가 몇 번인가를 때렸다. 왜 우는지 몰라서 무서웠다. 내가 할 수 있는 일이 없어서 무서웠다.

어머니의 재혼 생활이 그렇게 끝이 났다. 새아버지는 다시 감옥으로 가서 전과 11범이 되었고, 어린 동생은 어머니에 의해 새아버지의 친가에 버려지듯 맡겨졌다. 가끔 그 애 생각이 난다. 유난히 영특했던 아이, 매일 울다가 입이 돌아간 아이, 불쌍한 내 동생. 그리고 새아버지를 따라 잘 살기를 바랐던 조부모님 곁으로 나는 다시 돌아갔다. 중학교 1학년 때였고, 할아버지는 그 뒤 1년 후에 돌아가셨다.

3. (하나님) 아버지

중학교 3학년 때, 나는 책을 읽고 뭔가를 쓰는 것을 낭만적인 것이라 생각했다. 나는 그런 분위기가 좋았다. 뭔가 멋있어 보였고, 뭔가 똑똑해 보였다. 그 무렵 한 여자애를 좋아했다. 그 애에게 편지를 쓰기 위해 나는 '꽃말사전' 이나 '별자리전설' 같은 책들을 읽었다. 김소월 시집을 읽고 담장 아래서 펑펑 운 적도 있다. 그 애가 다니는 중학교 앞에서 날마다 그 애가 나오기를 기다렸다. 그 애가 타는 버스를 탔고, 그 애가 입는 옷과 그 애가 좋아하는 노래와 그 애가 웃는 소리에 온 우주가 귀를 기울였다.

할아버지가 돌아가시고 할머니 혼자 남은 집에 어머니가 돌아오셨다. 두 분은 사이가 좋지 않았다. 고모와 고모부가 가세해서 거의 매일 싸움이 벌어졌다. 나는 집에 들어가고 싶지 않았다. 나는 소나무숲과 저수지와 그 애의 집 근처를 헤매고 다녔다. 그렇게 그 애는 나의 전부가 되었다.

고1 때 그 애가 다니는 교회를 자연스럽게 찾아 나갔다. 그 애가 피아노 치는 것이 너무 좋았다. 그 애가 덧니를 보이며 웃는 것과 짧은 생머리를 흔들며 교회 오솔길을 걸어오는 것이 좋았다. 하지만 그 애는 나를 사랑하지 않았다. 밤마다 그 애의 집을 헤매며 중간고사와 기말고사를 포기한 나를 거들떠보지 않았다. 그 애가 사랑하는 것은 오직 하나님 아버지였으니까.

고1 겨울방학, 교회를 그만두고 일주일간 밥을 먹지 않았다.

병원에 실려 갔다. 그 애의 예쁜 언니가 나를 찾아왔다. 울음이 터져 나오려는 걸 억지로 참았다. 다시 교회에 나와 달라는 그 말이 세상에서 가장 아름다운 고백처럼 들렸다. 내 꿈이 시인이라고 말하자 다윗왕이 쓴 시편들과 솔로몬의 잠언들을 읽어야 한다고 말했다. 나는 그 말을 그 애의 명령처럼 순종했다. 날마다 성경을 읽었다. 창세기부터 요한계시록까지 1년마다 성경을 통째로 독파했다.

내게 신이 오셨다. 그 애를 사랑하는 것이 우상을 숭배하는 것이라는 생각이 들었다. 사랑 안에 정욕이 있었다는 것을 깨달았다. 잊을 수 있게 해 달라고 나름 진지한 기도를 했다. 하지만 그 애는 너무 깊이 내 속에 들어와 있었다. 보내지 못한 편지가 수북하게 서랍에 쌓였고, 그건 그렇게 시가 되어 갔다.

> 그때 너와 맞바꾼
> 하나님은 내 말구유 같은 집에는 다신 들르시질 않겠지
> 나는 어머니보다 더 빨리 늙어가고
> 아무리 따라하려 해도 안 되는 행복한 흉내를 거울은 조용히 밀어낸다
> 혼자 베란다에 설 때가 많고, 너도

남편 몰래 담배나 배우고 있으면 좋겠다

냄새나는 가랑이를 벌리고 밑을 씻으며

습관적으로 욕을 팝콘처럼 씹어 먹고

아이의 숙제를 끙끙대며 어느 것이 정답인지 도대체 모르겠다고

너무 많은 정답과 오답을 가진 머저리, 빈 껍데기 아줌마가 되어

네 이름을 새겨 놓았던 그 아그배나무 아래로

어느 날 홀연히 네가

툭, 툭, 내 발 앞에 떨어져 내렸으면 좋겠다

그러면 세상에 종말이 오겠지

위대한 경전이 지구를 돌아 제자리로 올 때까지 걸린 시간

사랑한 자들이 한낱 신의 노리개였음을 깨닫는 데 걸린 시간

트럭이 확 몸을 밀고 가버렸으면 좋겠다고 중얼거리던 날들이었다

(중략)

그런가, 너도 나처럼 무중력을 살고 있는가

함박눈 내리던 그날 내 손에 잠시 앉았다 날아간 새처럼

너도 이 밤에 젖은 휴지처럼 풀어진 날개를 접고 앉아

사랑과 슬픔을 혼동하고 있는가

여기가 지옥이 아니라면 분명 꿈속일 것인데

내가 꾸는 꿈엔 나비와 꽃과 노래가 없으니

사랑이 없는 시간, 사랑이 없어도 아침이 오는 시간

주인 없는 뜰에서 아그배 열매는 아픈 목젖처럼 빨갛게 익어

가고

하나님은 더듬거리며 너를 찾다가 나와 함께 어두워져

마침내 악수를 나누고 헤어진단다

— 「늙어가는 첫사랑 애인에게」 부분

어느 날 밤, 교회에 가서 혼자 울었다. 그 애는 대학을 서울로
가고 나는 대학을 떨어졌다. 나는 공장을 갈 생각이었다. 대학 같
은 건 개나 줘 버리자고, 인생 막 살자고 생각했다. 친구네 집 여
관방에서 한 달 정도를 버티다가 집으로 잡혀 왔다. 서울에 함께
가서 그 애를 계속 볼 수 있으면 좋겠다는 생각 하나뿐이었지만
나는 공부시간에도, 쉬는 시간에도, 야간자습시간에도 시만 썼
다. 억울하고 패배하는 일이 많을수록 시만 썼다. 우리 집은 가난
하고 그 애는 그렇지 않아서, 우리 어머니는 무식하고 그 애 어머
니는 그렇지 않아서, 나는 시만 썼다. 자업자득이었다.

재수를 하면서, 성경과 시에 더욱 빠졌다. 내가 아는 한 확실한 건 딱 두 가지였다. 내가 믿는 신과 내가 가장 좋아하는 시. 그 애가 방학 때 집에 내려왔을 때도 나는 독서실에서 먹고 자면서 성경을 읽고 시를 썼다. 그 애를 잊은 건 아니었지만, 잊었다고 생각했다. 하나님께서 내게 믿음을 주셔서 이 모든 시련과 난관을 극복하고 새사람이 될 수 있도록 만드셨다고 최면처럼, 암시처럼 믿었다.

가난한 나는 어머니의 충고를 따라 교육대학교에 들어갔다. 시골에서 공부 좀 하는 아이들이 모였다. 졸업만 하면 직장이 보장되던 때여서, 공부를 하는 학생들은 별로 없었다. 적당히 데모를 하고, 적당히 운동장에 천막을 치고 밤을 새면서 막걸리를 마시곤 했다. 바리케이드를 뚫고 혼자 수업을 들으러 강의실에 들어갔다. 그 일이 알려져서 나는 신입생으로부터 4학년 선배들에 이르기까지 모두에게 따돌림을 당했다.

시위가 벌어지던 일주일간 자취방에서 꼼짝도 않고 성경을 읽었다. 대학교 2학년 때였다. 성경에서 하나님을 만났다. 내가 그토록 찾아 헤매던 '아버지'를 만났다. 우주를 창조하고, 동물과 식물을 만들고, 인간을 만들고, 인간을 구원하는 나의 아버지, 위대한 아버지를 찾은 것이다.

가을이었다. 거리에 은행잎이 떨어져 내렸고, 살아 있는 것들이 너무 불쌍해 보였다. 모든 만물들이 신음하며 아파하는 소리가 귀에 들렸다. 어린 시절에 했던 못된 짓들부터 첫사랑 그 애를 생각하며 지은 모든 나쁜 죄가 다 떠올랐다. 일주일을 울면서, 감사하면서, 기뻐하면서, 거리로 나왔을 때, 나는 완전히 새로운 사람이었다. 아아. 하나님 아버지.

4. 아버지로 살아가기

어느덧 나도 아이들을 둔 아버지가 되었다. 어쩌면 아버지가 되기 위해 평생을 살아온 사람처럼 어느 날 문득 정말 아버지가 되어버렸다. 능력도 없고, 물려줄 재산도 없는 가난한 아버지가 되어, 돌아가신 아버지며, 할아버지를 생각한다. 우리들은 모두 보이지 않는 어떤 끈 같은 것으로 이어져 있을 것이다. 그래서 어떤 일을 하다가도 불쑥 고개를 들어 하늘을 보거나 꽃나무를 보거나 하면서 알 수 없는 그리움 같은 것을 느끼는 것이리라.

꽃나무 아래를 지나다가 아주 생뚱맞게 돌아가신 할머니가 생각나서 한동안 꽃나무 아래 앉았던 적이 있다. 사람이 죽으면, 혼은 하늘로 백은 땅으로 스며 바람이 되고 눈이 되고 비가 된다고 한다. 그리고 그것은 다시 나무로 스미고, 풀에 스미고, 흙에 스며, 어느 날 아주 생소하게 꽃나무 아래를 지날 때 돌아가시고 안 계신 분들이 생각나기도 하는 것이다. 어디서 많이 본 것만 같은 친근함과 그리움이 우리를 불러 세우기도 하는 것이다.

여전히 나는 서툴게 아버지 노릇을 한다. 이것이 맞는 것인지 잘 모르겠다고 속으로 중얼거리며, 아이들을 가르치고 야단치고 하면서, 아버지 흉내를 낸다. 아버지가 없었으므로 더 많은 아버지를 가지게 되었던 나의 삶은 어쩌면 남들이 갖지 못한 세계까지 갖게 된 건지도 모른다. 시를 쓰는 일은 스스로 새로운 '아버지 되기'를 실현하는 일이니까. 너무 많은 아버지들이여, 감사합니다. 덕분에 저는 결핍과 과잉의 양 극단을 오가며 많은 아버지들의 은혜를 입었습니다. 그리고 어느 날, 꽃나무 아래를 지날 때, 부디 내 어깨에 꽃잎처럼 잠시 앉아 인생을 들려주세요, 나의 사랑하는 아버지(들).

최금진 2001년 《창작과비평》으로 등단하였으며, 시집으로 『새들의 역사』, 『황금을 찾아서』, 『사랑도 없이 개미귀신』이 있으며, 산문집 『나무 위에 새긴 이름』 이 있다. 현재 한양대 출강 중이다.

● 홍일표

아버지라는
타인

아버지의 여생은 평탄했다. 여든넷에 지상
의 삶을 마감했다. 염하던 때 나는 처음으
로 아버지 앞에서 뜨거운 눈물을 흘렸다.
아버지와 끝내 화해하지 못했다는 생각, 그
것이 나를 비통하게 했다.

아버지라는 타인

아버지는 머쓱한 타인이었다. 나는 아버지를 가까이할 수 없어서 항상 멀리서 주변을 맴돌았다. 아니 이 말은 반쯤 거짓말이다. 나를 멀리한 것은 아버지이지 내가 아니다. 난 힘이 없었으니까. 나는 일방적으로 감당해야 했으니까. 아버지를 아버지라고 부르기가 어색했으니까. 아, 이 무슨 신파인가. 아버지는 존엄이고 불가침 영역이고 막강한 힘이었으니까. 아버지를 아버지로 부를 수 있는 자들은 복이 많은 사람들이다. 더군다나 아버지를 공경하고 그 크신 가르침에 감동까지 하다니.

400년 전에도 그랬던 것처럼 지금은 오월이니까 아카시아가

필 것. 그리고 또 질 것. 아카시아는 배고픈 꽃이다. 나와 더불어 허기지고 나와 더불어 외로운 꽃이다. 내 어릴 적 결핍을 고스란히 지켜보고 있던 것들. 개울가에서 무더기로 피어나던 아카시아 꽃, 뒤란에서 송알송알 익어가던 앵두알, 들판에 홀로 서 있던 감나무 역시 나를 또렷이 기억할 것이다. 돌아보니 그것들은 모두 내 친구들이었지만 그곳에 아버지는 없었다.

원고 독촉을 받고 간신히 몇 자 끼적이고 있다. 이 많은 분량을 무엇으로 채울 것인지 고민한다. 도대체 부모와 함께한 일이 있어야 뭐든 적을 것이 아닌가. 그러니 나는 적합한 필자가 아니다. 그러나 나는 돌멩이 던지듯 쓴다. 내 안의 어두운 동굴을 들여다보는 것이 두렵고 꺼림칙하지만 용기 내어 다시 들춰 본다. 창밖에서 아이들 웃음소리와 늦은 봄의 햇살들이 찰랑거리며 쏟아져 들어온다. 예전에는 북악산에서 뻐꾸기 소리도 들렸는데, 그 소리를 듣고 있으면 고향의 어느 골짜기에 서 있는 것 같은 느낌이 들었는데 요즈음은 들리지 않아 내 안의 뻐꾸기를 꺼내어 자주 펼쳐본다. 뻐꾸기는 나를 악화시키거나 개선시키는 이상한 물질이다. 다시 아버지를 들여다본다. 자꾸 외면하고 싶지만 아버지는 죽지 않고 살아난다. 아버지, 제발 죽어 있으세요. 살아나지 마세요. 그런데, 그런데 어느 순간부터 내 몸에서 아버지가 돋아난다.

아버지의 목소리가, 아버지의 헛기침이, 아버지의 자세가 불거져 나온다. 총을 쏜다. 다연발 권총이다. 사방이 아버지이니 내 총알은 늘 부족하여 절망한다.

운전하던 중에 어둠 속에서 개구리 울음소리를 듣는다. 소리가 온통 검다. 잠시 차를 세우고 온몸이 검어지도록 그 소리를 듣는다. 개구리 울음소리처럼 돋아나는 아버지가 와자다. 나는 어지럽다. 수만 개의 울음소리로 분열하여 공깃돌처럼 흩어진다. 내 속에서 아버지가 컹컹 짖는다.

검은 지프차가 비포장도로를 달린다. 먼지가 뿌옇게 날아오르고 아이들이 뒤따라 달려간다. 그중에 내가 있다. 중이염을 앓던 내가 거기 있다. 나는 제법 어깨를 으쓱한다. 자가용은커녕 버스나 기차도 보지 못했던 촌놈들에게 자동차는 신기한 구경거리였던 것. 겨우 우마차나 보며 자라던 아이들 눈에 자동차는 외계의 행성 같았던 것. 시골 마을에 나타난 검은 승용차에서 정장한 아버지가 내렸다. 먼지를 뽀얗게 뒤집어 쓴 길가의 개망초가 잠시 흔들리다 멈추었다. 꾸벅 인사를 했는지 안 했는지 잘 기억이 나지 않지만 아버지는 면도날처럼 내 옆을 스쳐 지나갔다.

아버지는 그렇게 아주 가끔 내 앞에 나타났다 사라지는 존재였다. 내 유년의 시절에 아버지는 부재했다. 대처로 나간 아버지는 당시 공화당 국회의원이었던 고모부의 지원 하에 사업을 하였다. 그 무렵에는 자세한 내용을 몰랐다. 한참 지난 후에야 아버지가 했던 사업이 운수업이라는 걸 알았다. 시외버스 회사를 운영하면서 아버지는 부자 소리를 들었다. 덕분에 나는 부유했으나 그만큼 불행했다. 나는 그 불행을 내 운명이라고 생각했다.

지프차는 마을에 오래 머물지 않았다. 당일 오후에 마을을 떠나거나 다음날에 떠났다. 그렇게 잠시 스치듯 아버지는 홀현홀몰했다. 차가 마을을 빠져나가기 위해서는 한 차례 곤욕을 치러야 했다. 마을에 조순이라는 중년 사내가 살고 있었는데 정신이 온전치 못한 사람이었다. 어른들이나 아이들 모두 그를 그냥 '조순이'라고 불렀다.

조순이는 차가 마을을 빠져나가기 위해서 천천히 움직이면 무작정 차 앞으로 달려가 벌렁 드러누웠다. 운전기사가 뛰어내려 험악한 표정을 짓고 무어라 소리를 질러도 꿈쩍도 하지 않았다. 뒷자리에 앉아 있던 아버지가 차에서 내려 첨성대가 그려져 있는 10원짜리 지폐를 던져주면 그때서야 벌떡 일어나 꾸벅 절을 하고 히히거리며 달아났다. 매번 마을 통행세를 그렇게 지불하고 나서야 아버지의 차는 마을을 무사히 빠져나갈 수 있었다. 그런 일을 나는 항상 멀찍이 떨어져서 바라보았다. 아버지와 나는 서로가

서로에게 낯선 타인이었고, 만나거나 헤어질 때 재수없이 부딪치는 돌부리였다.

복사꽃이 졌다. 우울하고 혼몽하게. 나는 집앞의 느티나무에 칼질을 해댔다. 번번이 칼은 부러졌고 나는 아무것도 아니었으며 장차 아무것도 아닐 것이었다. 나는 내상을 앓으며 흉몽 같은 하루하루를 보냈다.

고향을 떠나 대처의 아버지 집에서 합가하여 살기 시작한 것은 중학교에 입학한 후였다. 그러나 여전히 아버지는 타인이었다. 나는 지구에서 제일 말없는 사람이 되어갔다. 시선은 땅만 향하고 있었다. 모든 게 다 보기 싫었다.

주유소까지 운영하면서 아버지는 더 바빠졌다. 어느 날부터 새로 별채를 지어 버스기사와 안내양들이 숙박할 수 있게 하였다. 일종의 기숙사 같은 역할을 하였다. 집안 분위기는 더 어수선해졌고 갈수록 그 틈새에서 나는 보이지 않았다. 나는 날마다 바퀴벌레처럼 어디론가 숨어버리고 싶었다. 가끔 주유소 뒷마당으로 군부대 차량들이 들락거리는 것을 보았다. 그런데 그 차들은 주유하러 오는 차가 아니었다. 차량 기름 탱크에 굵고 검은 호스를 집어넣고 기름을 빼내는 것이었다. 군인들은 몇 푼의 돈을 받고 씨익 웃으며 차를 몰고 밖으로 사라졌다. 아버지는 부대 운전병들에게 싼값으로 사들인 기름을 주유소에서 판매하여 큰 이득을 챙겼다.

아버지 곁에서 어두운 그림자로 사셨던 여인이 있다. 밀양 박씨 성을 가진 그분은 죽은 생모 대신 나를 어릴 적부터 키워준 분이다. 그분에게도 아버지는 차고 매정했다. 무늬만 부부이지 아무런 정도 사랑도 없던 관계였다. 내 분노의 발화점이었다. 아버지는 최소한의 애정이나 배려도 없는 사람처럼 보였다.

아버지는 시골에 살던 어린 친척들을 불러다 정비공으로 부리기도 했다. 너무 가난해서 학교에 가지 못하고 간신히 초등학교만 졸업하고 버스 조수로 따라다니게 하면서 일을 배우게 했으나 사실은 저임금 혹사였다. 나는 그 아이들에게 늘 미안했다. 시커먼 기름때가 묻은 작업복을 입고 피곤에 전 모습을 볼 때마다 내가 죄짓는 느낌이었다. 아버지 대신 그들에게 용서를 구하고 싶었다. 그러나 아버지는 시종 냉정했다. 아니 그런 감정의 기관이 아예 고장 난 사람 같았다.

그때마다 내가 자주 찾던 곳이 있었다. 집에서 그리 멀지 않은 곳에 지장사라는 절이 있었다. 나는 불교신자도 아니었고, 불교에 대한 관심도 없었지만 산 속은 나를 편안하게 하였다. 그때부터 절 풍경이 낯설지 않았고 익숙해졌다. 그러나 어쩌다 스피커에서 흘러나오는 녹음된 염불소리를 들어야 하는 것이 고역이었다. 소담한 절이었고, 절 마당가에는 탐스러운 수국이 아름답던 절이었다. 염불 소리만 없으면 고즈넉한 산사의 적요를 즐길 수 있는 장소였다. 그곳엔 아버지가 없었다. 아버지의 발자국 소리도, 목소리도 들리지 않았다. 나는 그 무렵 스님이 되는 것도 꽤 괜찮은 일일 거라는 생각을 하였다. 진달래가 지기 시작했고 이성에 막 눈을 뜰 무렵이었다. 어느덧 나는 10대의 복판을 지나고 있었다.

나중에 나는 「山寺」라는 시를 쓰게 되었는데 그 무렵의 경험이 소중한 모티브가 되었다. 박찬 시인이 살아 있을 당시 비점을 찍어 주었던 시였다.

> 내 마음의 빈 가지
> 소슬한 절 한 채 걸려 있네
>
> 처마 밑 코 꿰인 풍경
> 날아가지 못하네
> 지느러미로 허공을 치며 아우성이네

노승은 멀리서 빙그레 웃고

늙은 소나무는 가벼이 몸을 흔들어

가만가만 솔향기 털어 내네

넘보던 참새 떼들 호르르 몰려와

그 향기 다 쪼아가네

어느덧 날은 저물어

노을 한 점

석불 눈가에 찔끔 묻어 있네

지금 돌아보니 내가 한때 이런 시도 썼구나 하는 생각을 하니 쑥스럽다. 아무튼 그 절은 내가 즐겨 찾던 공간이었고, 내 쓸쓸한 발자국들이 아직도 어딘가에 남아 있을 것만 같은 곳이다. 마음속에 오롯이 자리 잡고 있는 지장사에서는 지금도 녹음된 염불소리가 흘러나오고 있는지.

딱 한 번 아버지에게 고마워했던 적이 있다. 지금 생각해도 기이한 일이다. 중학교 때 가까이 지내던 친구였다. 아무 죄 없이 아프리카처럼 가난했다. 아버지가 뻥튀기를 하여 어렵게 생계를 유지하였고 어머니는 신체장애를 가지고 있던 친구였다. 루핑으로 지붕을 덮고 간신히 비나 피하며 살던 친구네 집에 자주 놀러 갔다. 서로 마음속 깊이 어떤 상처를 헤아리고 있었다. 속엣말은 하지 않았지만 깊이 통하는 부분이 있었다. 고민이 많다는 점에서 우리는 이방의 동족이었다.

중학교 3학년 때였다. 당시 경주와 해인사가 수학여행 코스였다. 모두들 수학여행에 들떠 있을 때 친구는 수학여행을 가지 않을 거라고 하였다. 나중에 알고 보니 수학여행비를 낼 수 없는 처지 때문이었다. 나는 어렵게 아버지 앞에서 말문을 열었다. 친구네 형편을 간단히 얘기하고 돈이 필요하다고 하였다. 친구와 함께 수학여행을 갔으면 좋겠다고 했다. 아버지는 어쩐 일인지 아무 말 없이 친구의 수학여행비를 내주었다. 여전히 얼굴에는 별다른 표정이 없었다. 나는 그때의 일을 까맣게 잊고 지내다 몇 년 전에 길거리에서 친구와 우연히 만나 이야기를 나누다가 다시 떠올리게 되었다. 친구는 30년도 더 지난 이야기를 마치 어제 일처럼 이야기했다. 맞아, 그때 그랬지. 쓸쓸히 중얼거리며 친구와 나는 다시 헤어졌다.

그렇게 또 한 시절이 지나갔다. 3선 국회의원이었던 고모부가 낙선하고, 아버지의 사업도 유류 파동과 함께 기울기 시작했다.

아버지는 급격히 노쇠해졌다. 그러나 아버지는 기죽지 않고 당당했다. 나는 그것이 싫었고, 가슴 한쪽에서 슬며시 돋아나던 연민이나 동정의 감정도 지워버렸다.

흰 고무신을 신고 벚꽃 길을 걸으며 대책 없는 외로움에 진저리치던 시절이었다. 나에게는 절망과 광기의 한때였다. 몸과 정신을 혼몽하게 하던 독주와 벚꽃처럼 쉽게 떠나던 여자, 그리고 냉소와 조롱으로 변방을 떠돌던 반딧불이 같은 영혼이었다. 어디에도 속하지 못하고 술과 독설로 1970년대의 어두운 골목을 짐승처럼 떠돌며 많이 다쳤고, 많이 아팠고, 많이 우울했다. 문학에 대한 열정 하나만 가지고 버티던 어둠의 한 시절이 그렇게 지나갔다.

그 무렵에 발아된 시가 「수도승」이다.

　동해의 천곡동굴 끝자락에

　고스란히 형체 남아 있는

　수백 년 전 짐승의 뼈

　스스로 찾아들어간 동굴 속에서

　눈 부릅뜨고 죽음과 대적하며

피안의 아가리에 머리 처박고

마지막 순간까지 아작아작 죽음을 씹은

저 견고한 턱뼈

어둠이 그의 살을 발라먹고

굶주림이 두 눈의 광채를 거두어 갔으리라

진저리치며 컹컹 울부짖는 소리에 발목이 꺾이고

숨이 막혀

동굴의 끝까지 기어들어가 암벽을 할퀴며

천장에서 떨어지는 물방울에

남은 온기를 내어주었으리라

고독은 그를 먹어치웠고

세상으로 나아가는 길을 스스로 잘라버린

그 자리,

차가운 돌바닥에 뼈로 새긴

필생의 백서白書

바람이 부니 살아야 했고 살아내야 했다. 한 자루 칼로 눈앞의

비루한 현실을 베어내며 막장 같은 심해를 견뎌야만 했다. 아버지의 여생은 평탄했다. 여든넷에 지상의 삶을 마감했다. 염하던 때 나는 처음으로 아버지 앞에서 뜨거운 눈물을 흘렸다. 아버지와 끝내 화해하지 못했다는 생각, 그것이 나를 비통하게 했다.

이제 아버지는 내 곁에 없다. 내가 싫어하고 미워했던 적이 사라졌지만 또 다른 적들의 사회는 수시로 내 숨통을 조여 왔다.

시단에서 가까이 지내는 최호일 시인은 몇 년 전 시 전문지 『시안』에 나에 대해 이렇게 적은 적이 있다.

내가 블루스 리 흉내를 내며 쌍절곤을 휘두르고 다닐 때, 그는 얌전하고 밥맛없는 문학 소년이었다. 그는 일찌감치 어린 문학 지망생들에게 전설로 통했던 『학원』지를 비롯해 여러 문학 경연 대회를 석권한 그 바닥의 알아주는 스타였고, 싹수가 파랬다.

지금은 서울 복판에서 한 달도 양보하지 않고 월급을 꼬박꼬박 받아먹는 훈장 노릇을 하고 있다. 딸과 아들은 명문대를 나란히 졸업하고 일류 직장에 취직해 있다. 그래서 행복하다. 아니, 행복해 보이는 척한다. 하지만 나는 한쪽으로 누운 그의 좌절을 아는 것이다. 문학과 세계와 사랑에 대한 그의 절망과 분노는 항상 현재 진행 중이다. 얼핏 호수인 것처럼 보이는 그의 내면은 늘 시끄럽게 들끓고 있다는 것을 아는 사람은 적다. 시인이니까! 엄숙주의자인 듯 도저한 자유주의자인 그는 어린 시절부터 얼마나 쌍절곤을 휘두르며 골목길을 내달리고 싶었을까?

그렇다. 그 시절은 그랬다. 여러 개의 팔과 다리를 만들어 살던 겨울이었으니까. 눈은 가끔 생각난 듯 내렸고, 추적추적 비 내리고 바람 부는 날이 더 많았으니까.

쌍절곤을 휘두르며 골목길을 내달리고 싶었던 시절아. 이제 가거라. 지상의 모든 아버지들아. 위엄과 권위와 고집불통의 쇠몽둥이들아. 나는 지금도 내 안의 아버지를 처형한다. 수시로 불뚝거리며 몸 밖으로 튀어나오려는 아버지를 세게 내려친다. 죽어도 죽지 않은 아버지가 내 안에 살아 있다는 사실이 끔찍하다. 내가 살아 있는 한 나는 아버지를 계속 처형할 것이다.

홍일표 1992년 《경향신문》으로 등단하였으며, 시집으로 『살바도르 달리풍의 낮달』, 『매혹의 지도』가 있다. 제8회 지리산 문학상을 수상하였고, 현재 월간 시지 《현대시학》 주간으로 있다.

하늘 아래 첫 이름 아버지

1판 1쇄 인쇄 2015년 5월 5일
1판 1쇄 발행 2015년 5월 10일

발행처 경영자료사
지은이 공광규 외 12인
발행인 마복남
등록 1967. 9. 14(제311-2012-000058호)
주소 서울시 은평구 증산로 403-2
전화 (02) 735-3512, 338-6165 | 팩스 (02) 352-5707
E-mail : bba666@naver.com

ISBN 978-89-88922-73-6 03810